行政院文化建設委員會 指導

第十二屆現代少兒文學獎獲獎作品

阿樂拜師

蘇善 著

評審委員的話

楊小雲：沉穩內斂的一本書，對布袋戲的學習以及演出部分，描寫十分傳神而生動，體裁獨特，鄉土味十足，令人回味無窮。

邱　傑：這是一本描述布袋戲團的故事，以戲班裡一對師兄弟做軸線，早年台灣農村社會爲背景。布袋戲班的生活面相，娓娓寫來，十分深入，故事好看，結構也嚴謹扎實，可以看得出作者在取材上的用心和執筆的功力。

徐錦成：這篇鄉土性濃郁的小說出現在二十一世紀，是一項奇蹟。作者寫實技術高明，對布袋戲的認識也很專業；細節描繪相當清楚，成功重現老台灣的一種面貌。不管小說潮流如何，這種質樸而扎實的作品永遠能打動人心。

目錄

楔子

掌中江山

民國五十九年三月，電視螢光幕上演出布袋戲「雲州大儒俠——史豔文」，觀眾不分男、女、老、少、士、農、工、商，據說曾造成「工人怠工、農人倦勤、學生蹺課（包括老師），甚至省議會流會」的盛況。

對於當時的孩子們來說，布袋戲是童年最深刻的回憶之一，「迷布袋戲」也是成長過程中的重要經驗，戲裡的「武林」被嵌入生活，孩子們把自己投射成劇中英雄，人人都想當「史豔文」，可是，將萬惡之首「藏鏡人」奉為偶像的卻也不少，甚至連一些小角色，譬如「劉三」、「二齒」這些甘草人物都活跳跳地陪伴著孩子們的成長。

廟前廣場、鄉間野台、電視，甚至在戲院、廣播電台，布袋戲用無形的掌力吸引了孩子們的雙眼與心神，讓他們朝思暮想地；意圖揹起行囊身涉武林，或者乾脆投入名師門下，製造另一場武林風波！

阿樂便是這樣，他丟下書包去拜師，勤練技藝，企盼能開闢掌中江山，想像自己被敬呼「師父」的神采……

1 決定

阿樂睡不著，躺在竹床上，夜裡的沁涼從竹床縫隙往上竄，阿樂感覺背脊被抓了幾道爪痕，意識因此更加清醒。

外面有淡淡的月光，阿樂睜大眼睛呆呆望著。

「是今晚吧……」僅存的一絲猶豫讓阿樂等待著，是什麼呢？阿樂自己也不明白。

望著暈暈的月色，阿樂心頭也有暈暈的一團。

「就是今晚了！」阿樂篤定地說，似乎打算狠下心來不再給自己反悔的機會。就在暗自決定的當下，阿樂不自覺又翻了個身，腋下的肉冷不防被竹枝縫夾住。

「啊……」阿樂趕緊用手指揪住背肉，承接那份痛感，讓那痛懸著，而不會一下子散開，接著慢慢鬆開指頭，緩緩哼出憋著的隱痛，因為他不想吵醒身邊的阿寶。

今夜的盤算，阿樂沒對任何人說，也沒對阿寶說。倒是阿傑，他可能有看出來一些吧！

「你為什麼要來學戲？」阿傑有一回這樣問他。

「我喜歡看布袋戲啊！」阿樂覺得這就是答案！

「喂！你有沒搞錯啊……」阿傑瞪著眼、歪著頭，然後把整張臉貼近阿樂，「看戲跟演戲不一樣……」

可是阿樂並不覺得。

「我也喜歡看我三叔演戲啊，可是我才不要跟他學演戲呢！」阿傑說的「三叔」就是阿樂的師父。

「我老爸說，那樣賺錢太累了……」阿傑的老爸就是阿樂要叫「大師伯」的。

「可是我老爸叫我也學當地理師，我才不幹！我哥學就可以啦，只有像我哥那種聽話的人，才有辦法當他的徒弟！」阿傑像要一口氣說出所有氣憤似地。

「那你想做什麼呢？」阿樂好奇地問。

「現在我還不知道……唉呀！以後就會想到啦！」阿傑就是有自己的想法！阿樂挺欣賞阿傑這一點的。

「好，那你以後想到的時候再告訴我……」阿樂對阿傑說。

阿樂卻是早告訴自己：「我要跟著隆師父，將來也要演布袋戲！」但是還要多久才能像隆師父一樣？

躺在床上想這個問題總是沒辦法找出好答案，因為，在夜裡，家裡的樣子就會全部浮現眼前，駝背的阿嬤坐在矮板凳上搖著扇子；兩個妹妹在月光下跳格子；阿母蹲在灶火前，被火光罩住半邊臉，另外的半張臉堆積著疲累；還有阿爸，不說話，只是一直看著自己……

黑夜裡，眼前這些印象會遮蓋白天所有快樂，雖然連辛苦也會一併抹掉，阿樂還是忍不住懷念以前：沒事做的時候可以幫阿嬤捶背，無聊的時候就跑給妹妹們追，有時候被阿爸罰跪，其實也沒什麼大不了，反正我膝蓋骨硬得很……

在隆師父這裡，跟在家裡沒什麼兩樣，討厭的阿寶像弟弟一樣，做錯事也會被罵，每一天都是差不多，一天又一天，不知道什麼時候可以有自己的布袋戲團，可以賺很多錢……

當人家徒弟，要做很多事情，要學很多事情，但是阿樂不知道，做了這些事情、學會了這些事情，是不是就可以像隆師父那樣？

所以日子繼續這樣等著、等著，等著出師，等著隆師父點頭說他可以主演一齣戲……

「不管了……先回去再說！」阿樂決定了。

「呼……」是阿寶的鼾聲。

這個時候阿寶的鼾聲聽起來並不會讓人心煩啊，阿樂想不透自己

以前怎麼老愛取笑他呢……

「你是豬啊！」阿樂就是這樣取笑阿寶的。

「走！走！走！我帶你去看你的兄弟！」阿樂拉起阿寶的手往廚房後面的豬圈走去，「你看！你看！」阿樂指著豬圈裡的豬。

「呼……嚕……」這個阿寶竟然還學豬呼嚕呼嚕！

「師兄，我像豬，那你像什麼！」阿寶嘻皮笑臉地問。

我像什麼？阿樂覺得，像隆師父當然是最好了！

阿寶是阿樂的師弟，兩人跟著隆師父學布袋戲，隆師父曾經對他們說，阿寶的聲音比較「圓」，可以裝腔，阿樂卻是比較「粗」，扮女聲很吃虧。

阿樂自從小學畢業之後就住進隆師父家，比阿寶早來兩年，待在隆師父這兒，算算三年多了，說長不長，說短不短，只是連他自己也沒想到，他最近常常想家……因為不喜歡住隆師父這裡嗎？

阿樂知道不是這樣的！雖然只是睡柴房，三餐都溫飽的，其實真要比較起來，在這兒比在自己家吃得好，隆師父還給零用錢的，所以連他自己也不懂，為什麼最近這麼急切地想要離開隆師父家……

雖然三個小師妹兇巴巴的，阿樂把他們當成自己的妹妹一樣，阿樂自己也有兩個妹妹，看著隆師父的三個女兒，就讓他想起自己的妹妹……何況，隆師父和隆師娘都對他很好，對阿樂的家人也很好，逢年過節都會送些東西給阿樂家。

對了，問題就出在這兒，找到癥結了！

「就是這個原因！」想到這兒，連阿樂也給這個想法震醒了。

對啊，別人逢年過節可以跟家人團聚，戲團總是得出門演戲！

但是，想跟家人團聚是個好理由嗎？

要走，一定得找個好理由，不然阿爸不讓他進門的！阿爸跟他說過，當人家徒弟要當成翻山越嶺難再回，不知道多少年才能學得一身功夫呀……

「你去那裡，要聽師父和師娘的話！」

當初阿爸這樣叮嚀他，阿樂沒忘記，但是阿樂也記得，自己心裡頭的感覺很複雜，有高興、有徬徨、有興奮、有擔心，而這些感受最後都被沖入阿母的眼淚河裡……看到阿母躲在房內不出來，阿樂知道還有一種感覺也躲在他心裡，但是他不想去理會它！

於是，阿樂踏上學徒之路，是阿爸騎著腳踏車載他走了第一段路……

「阿爸，我們走！」阿樂坐上腳踏車的後座，低頭看著阿爸的腳努力踩踏板……

眼前是阿爸厚厚的背，阿樂可以聞到阿爸身上黏著一層汗，那是用力騎車趕路給擠出來的，這一段路，阿樂從來沒走過，可是阿爸說很近，以後再走這條路回家……

「阿爸，還有多遠啊？」阿樂問。

「快到了！」阿爸剛才已經說過了，阿樂卻覺得越騎越遠似地。

阿樂別過頭，望見一條大溪，才發現這條大溪跟著他走了很長很長的路。

「阿爸，我們家在哪裡？」阿樂用手指著大溪的對岸，就在雲邊。

腳踏車突然停住，阿樂的頭向前撞，撞進一層濕又沉甸甸的汗。阿樂的阿爸身子一斜，左腳踩地將腳踏車撐住。

「那裡……」阿樂的阿爸左手舉高，指著溪的對岸。

「喔……」阿樂的眼睛茫然地朝那兒望著，其實根本不知道他家在哪個位置。

「阿爸，你要不要休息一下？」阿樂問。

「不用了……」阿樂的阿爸喘著回答，「趕快走，師父在等你……」

阿樂不再說話，阿樂的阿爸也不說話。阿樂別過臉，不再看那條溪也不再望雲那邊的房子，那兒……那兒是暫時不回去了……他要看溪的這一側，這一側是一大片甘蔗田，密密麻麻的甘蔗葉遮住它的後面，那後面，是他從沒去過的地方，是一個叫「隆師父」住的地方。

阿樂其實早知道「隆師父」的，每回隆師父的戲團到村子裡來演戲，不管在誰家或者哪一間廟，不管是白天或晚上，阿樂總想盡辦法去看戲，有一次還趁著午休時間溜到學校外面去，可是剛好被路過的阿爸撞見，結果回家跪了一個晚上。

第二天，阿爸問他：

「你很喜歡布袋戲是不是？」

「你不想種田是不是？」

「你不想念書是不是？」

「你想學布袋戲是不是？」

阿樂連連點頭，阿爸替他把心裡想的全都說了，他不是沒看見阿爸的眉頭糾結，雖然阿爸常跟他說：「要守本分，做一行有一行的命，我們的根在這裡，我種田，你種田，未來，你的兒子也種田，這樣就能守住我們的根……」阿樂卻是明確知道：自己不想種田！

「好吧！我送你去學戲……」

阿樂簡直不敢相信，阿爸這麼輕易就答應了！

「但是你要答應我……不可以偷跑回來……」

「偷跑？」阿樂不好意思地低了頭，以為說的是他不上學、偷跑去玩的事情。

「不會啦，演戲一定比上學好玩！」阿樂笑著說。

阿樂心裡雖然奇怪阿爸怎麼一下子就順了自己，既沒有打也沒有罵，是不是阿爸怎麼了？但是這個疑惑很快就被興奮淹沒，阿樂忍不住見人就說：「我要去學布袋戲！我要去學布袋戲囉！」

然後，阿樂成了隆師父的徒弟……

「唉，這已經是三年前的事情了……」阿樂躺在竹床上望著外面淡淡的月光。

「今晚，無論如何我都要離開！」阿樂肯定地告訴自己，終於給自己找到很重要的理由了：「回家！」

阿樂伸出手掌輕輕地撐在床面上，慢慢挪動身體，竹床不斷吱吱作響，像在抱怨阿樂那麼晚了還不安安分分睡覺！

突然，阿寶翻了個身，阿樂立刻停止動作。

「唔……睡過去一點啦……」阿寶嘴裡呼嚕呼嚕地說，一隻手又推又撥的。

「又來了……」阿樂心裡想，這個阿寶也真是的，胖就已經很佔床了，偏偏睡癖又差，硬往人家身邊擠，還怪別人！

阿樂索性一鼓作氣跳下床面，讓所有的吱吱聲響在一塊兒，這個夜便起了騷動，後面豬舍的牲畜也跟著你推我擠，不過牠們似乎習慣了竹床的聲響，也像阿寶那樣呼嚕呼嚕幾聲，一下子又陷入睡眠。

「阿寶，從現在起，你可以自己睡一張床了……」阿樂喃喃唸著。

2 月光下的黑影

阿樂決定今晚就走，他站在床前看著阿寶恍惚了一陣子，外面突然響起一聲清脆的狗吠，阿樂才猛然驚醒，記起了自己的打算。

「該走了！」阿樂像在命令自己，跟著就往地上一趴，將身子探進床下，右手撈了兩三回，揪出一個布包來。

這布包裡裝的是阿樂準備帶走的東西，只有一些衣物。

自己來的時候，什麼也沒有，現在更不能從這裡帶走什麼……況且，自己盡是找些煩心事兒給師父和師娘，所以，自己這一走，麻煩應該就會跟著走，算是報答師父和師娘吧，不然自己真的沒辦法為他們做些什麼……

阿樂把這個布包抱在胸前，拍了拍身上的蛛絲塵土，不禁打了個哆嗦。

「哇，沒想到這泥土地在夜裡是這麼涼……」阿樂的身體又顫抖一下。

躡手躡腳走到門邊，阿樂抬起右大腿頂住布包並且將它壓貼在胸口，左手輕輕地拉開門，然後趕緊接住布包，再以右手抓住門板提起，阿樂知道自己這些動作串起來看，那樣子一定很好笑，可是不這樣不成，不能讓那門板自行滑開呀，那門軸鬼叫的聲音肯定會吵醒整戶人口和牲畜的！

就在抬起門板向外推開一個小縫時，阿樂忽然瞥見一條黑影閃過。

阿樂趕緊盯住那條黑影，看到那條黑影也是慢慢、悄悄地移動，穿越大埕，繞到大廳的廊下，在二師伯的窗下停頓，又閃到大師伯的廚房窗口。

「有賊！」阿樂心裡立刻反應，可是瞬間又起了猶豫以致無法行動，「今晚我打算要走的呀……」

「怎麼辦？」阿樂的腦海一片混亂，計畫、計畫，現在計畫有了變化，這叫阿樂沒法子跟自己對話了！

「怎麼辦？」阿樂搔搔頭又皺皺眉再搖搖頭，好不容易想清楚也下了決心的，這下子可怎麼辦才好……

「還是先抓賊好了！」阿樂對自己說，「不然我這時候走，說不定會被當成賊呢……」又恢復清醒的阿樂手腳也恢復俐落，他抓起門板閤緊又輕輕上了閂，繞過竹床，將布包又塞進床底下深處。

「阿寶！阿寶！」阿樂俯身輕輕搖動阿寶，壓低聲音在阿寶耳邊急切地喊，「快起來！」阿樂推著阿寶的身子催促，「快起來！有賊啦，我們去抓賊……」

「在哪裡？」阿寶一翻身就下了床，聽到抓賊，阿寶就露出要去挖寶那樣的興致，兩個眼珠子一下子就睜得晶晶亮亮的。

阿樂和阿寶兩人的頭一上一下貼在門縫邊上，望出去，淡淡的月光下，那條黑影也是淡淡的，阿樂並不覺得害怕，而且有了阿寶做伴，阿樂抓賊的勇氣就更充足了！

兩人輕輕提起門板向外推開，再提起門板輕輕掩上，這樣的動作，因為慣做所以順手，也是因為兩人有時候會在夜裡偷溜到阿傑的房間後面，玩些大人禁止的花樣，自然就得偷偷地，所以練熟了這無聲推門的功夫。

這會兒，兩人又不約而同地伸直脖子、睜大眼睛，想讓眼睛趕緊就著月光看分明，看看那賊兒在何處？頃刻間，兩人身體僵住，似乎被那縷黑影子一把揪著，兩人又不約而同把眼光朝著芒果樹下的柴房射去。

在月光下，樹影是靜止的，賊兒的影子卻是移動的，他正掀起柴房的窗板，是打算攀上窗格進入吧，阿樂和阿寶又不約而同地踮起腳開跑，朝著賊兒的方向安靜又快速地趨近，也摸到柴房窗戶邊。

「怎麼不見了？」阿樂和阿寶對望一眼，心裡頭又不約而同這樣問著對方。阿寶搖搖頭，阿樂也搖搖頭。

「奇怪，明明看他在這裡啊？」阿樂把聲音壓得小小細細的。

「我們去把阿傑和阿仁他們都叫起來啦……」阿寶建議。

阿樂四處張望，眼珠子幾乎要爆出來，可就是不見賊兒蹤影！

「好吧！」阿樂點頭附和阿寶的提議，心裡也想這樣好，人多更不怕他了，於是兩人一前一後摸索著牆面，慢慢移到靠近大埕的另一個窗口，那是大師伯兩個兒子的房間。

「阿傑、阿仁，起來一下……」阿樂輕聲卻又緊張地喚著。

「有賊啦，趕快起來幫忙抓賊！」阿寶倒是急得提高了聲調，不料卻被窩在某處的狗兒先聽見，吠了一串，那聲聲吠吼令兩人身體顫抖，同時屋內的另外兩人也被震醒了。

「賊？在哪裡？」總是衝第一的阿傑立刻坐起身子、握起拳頭、張

大眼睛搜尋。

向來膽怯的阿仁也被驚醒，卻是揪緊被子放聲大喊：「賊？不要過來！不要過來啊！」

「噓！噓！」阿樂和阿寶趕忙以手指架在唇上暗示，希望能制止阿仁……

但是來不及了！頃刻間，大宅被吵醒了！這一呼喊，整座大厝騷動起來，所有的男人全跑了出來！

3 大家族

月光像給人捻亮似地，一排屋子被叫醒，突然先後睜開了幾對眼睛，瞪大眼珠子等著瞧，瞧瞧發生什麼事情。

大埕也像給洗了一把臉似的，水泥表面亮得像面鏡子，晃動出幾道黑影，兩條瘦瘦長長的、兩團圓圓胖胖的，黑影的主人全都是穿著白色布袋內褲的男人。

「渾小子，大半夜不睡覺的，嚷嚷什麼？」這是阿樂稱呼「大師伯」的男人，大師伯經常是這樣的，不管什麼事，從他嘴裡說出來就是沒好氣，對阿樂尤其如此。

也許是阿樂自己想多了，大師伯老當他是寄人籬下的，雖然實際

情況差不多是這樣，但阿樂覺得大師伯把他看成佣人，所以阿樂總不愛跟他打照面，每次去找他家的阿傑和阿仁也都要偷偷摸摸的。

「說！吵什麼？」大師伯一雙眼睛瞪著阿樂，肯定這準是阿樂惹起的事端。

「有……」阿樂被瞪得連話都縮回去，大師伯的目光把月光又削得更銳利，阿樂為了閃避，只好再把頭放低。

「有什麼？」大師伯緊緊追問。

「有小偷啦……」阿寶接腔，「我本來在睡覺，阿樂就把我叫起來，說有小偷，然後我們兩個就跑出來看，真的！有一條黑影閃過去，然後我們就到阿傑房間的窗戶那裡，叫他們一起抓賊啊……」阿寶不歇氣地說著，「可是，小偷突然就不見了！好奇怪……」

「好啦……不見就算了，回去睡覺吧……」這種溫和的口吻一定是「二師伯」，阿樂不用抬頭看，就知道那是二師伯在說話，阿樂心裡覺得奇怪，這兄弟倆差那麼多！

沒出聲的照例是不慣出聲的四師叔和五師叔，他們常常是旁觀者，但四師叔會私下提醒阿樂，小師叔則不愛理事，就只顧著讀他的書，沒什麼能將他的注意力從書頁拉走，什麼事到他那兒都不算什麼事了！至於隆師父……

「阿樂！你又吵到大家了……」隆師父總是最後出現，他這會兒才慢吞吞從房裡走出來，臉色大概也不會比大師伯好看吧。

「隆啊！你這徒弟要教好……」大師伯又要趁勢訓人了，阿樂就恨這樣，要論錯，就算錯在我阿樂好不好？別把我師父拖進來……阿樂心裡真討厭大師伯仗著地位欺負人……

「不好意思，都回房睡覺去吧……沒事，記得再檢查一遍啊，門窗都鬥好……」隆師父打了圓場讓大夥兒散去。

「明明有黑影啊……」阿寶還著急地說。

對啊！明明有事，怎麼會沒事？阿樂就是不明白師父幹嘛老這樣，只要大師伯一出聲，師父就把什麼事都抹了，反正歸根究柢，就

是他沒把徒弟教好！

可是這不就擺明了，以前都是我阿樂惹事，所以這次一定也是我錯！

「師父，我真的有看見……」阿樂真想跟隆師父說明白。

「沒關係啦，你說有就有啦，只是你把大家都吵醒了……」隆師父悠悠地說。

阿樂真氣隆師父，哪有師父不護著自己徒弟的，我可是都護著你啊，還有啊，我也護著師娘和師妹她們呀！

但阿樂也不是不懂隆師父的處境，還有大師伯他那個霸道的樣子……

記得有一次，阿樂不過是跟阿傑開個玩笑，在地上扭打著玩，大師伯就指責我阿樂像流氓，把一些壞德行帶進家族裡來！哼！其實啊……我會抽菸還是阿傑教的呢？自己兒子也沒管好嘛……

阿樂氣得把八百年前的舊帳翻出來，咬著牙磨磨吱吱地在心裡嘟噥洩憤！

「阿樂、阿寶！你們倆過來！」隆師父開口命令。

阿樂低著頭緩緩走到隆師父面前，阿寶仍然驚魂未定又帶點兒興奮。

「你們倆到底怎麼了？夜裡老不睡覺……」隆師父這話裡有話喔！阿樂心頭一震，莫非……

「兩個傻孩子，別以為我不知道你們都在幹什麼……」隆師父亮起眼珠子，頓時射出兩道光穿入阿樂和阿寶的小腦袋兒。

阿寶好似下巴鬆掉了，張著嘴，歪著頭，一副信又不信的樣子，阿樂的頭不自禁又壓低了一些。

「你們要記住，在這一個家裡，做什麼都要給我留點面子……」隆師父把一字一句說得清清楚楚的，像夾著憤怒，可是話尾巴卻沒有殺氣掃蕩！傻乎乎的阿寶還是聽得模模糊糊的，阿樂卻是已經聽懂。

阿樂知道，全因為大師伯，他啊，一張嘴就是權威！不准人反駁的。

隆師父的父親也是個地理師，所以大師伯算是承繼衣缽，順當地挑起祖業，成了人人敬服的風水師，不像隆師父當了演戲的江湖人，說起來是沒什麼社會地位的，所以在這個大家族裡，隆師父只是掙錢的戲子，論起說話的份量，比起大師伯可要差得多！

阿樂無奈地跟隆師父點點頭，抓起阿寶的手慢慢踱回柴房去，隱隱約約聽見背後隆師父的嘆息聲⋯⋯

「我又闖禍了嗎？」阿樂自言自語，「可是我真的看見黑影啊⋯⋯」

阿樂躺在床上睡不著。

「阿寶，你也有看到了對不對？」阿樂轉過身想要問問阿寶，沒想到阿寶已經像隻翻不了身的鹹魚癱在床上了，而且還呼嚕呼嚕地！

「唉，算了⋯⋯」阿樂喪氣地躺平身體，再一個轉身，讓自己面對柴堆那邊深深的黑暗⋯⋯

4 看不見的戰爭

阿樂睡覺的柴房，其實也算半個儲藏室，除了一張竹床挨著窗邊之外，其餘的空間都被占據著，有乾裂的竹子剖成對半兒的，有空心竹子叢根頭被砍成塊兒的、有曬縮了的甘蔗皮被紮成捆兒的，有壞損的家具捨不得丟的，還有一桶木屑用來燜火慢燒的，這些東西擁擁擠擠又安安穩穩地盤占另一邊，阿樂和阿寶的窩就這麼被劃分到另一半兒。

「師兄，我們就睡這裡啊？」阿寶來的頭一天晚上這麼問起。

「是啊！」阿樂只有這麼一句實話能回答了……

「嗚……」阿寶扁起嘴、皺起眉，一副打算開始嚎哭的樣子。

「睡這裡可好咧！」阿樂語氣突然一個迴轉。

「咦……」阿寶眼眶裡的淚竟然給關住了，「好？」

「當然！」阿樂露出非常具有說服力的表情說著，「睡這裡啊，先說床吧，好像鐵要打成鋼，它可是在鍛鍊我們的身體喔，如果我們身體好，睡了這竹床，保證體格更強壯！」阿樂自己也不知道哪裡找來這麼一段像在賣膏藥的詞兒，還唬得阿寶一愣一愣的！

「而且啊，廚房就在隔壁，每天早上都會是第一個聞到飯菜香喔，」阿樂閉起眼睛打開鼻孔，用力吸了一下，「明天會是什麼香味叫我起床呢……」

「阿樂！那是什麼聲音……」阿寶突然緊張地說。

「嗯……」阿樂分神去凝聽動靜，「喔，那沒什麼！別管他……」

阿樂闔上眼皮，打算專心睡覺囉！

「你聽啦……」阿寶還是緊張。

「可能是老鼠，不然就是蛇啦……」阿樂答得可輕鬆咧！

「老鼠？蛇？」阿寶驚叫跳腳，好像腳邊真的竄出什麼來，三兩步就跳上床。

「小心點！不要踩到我呀！」阿樂趕緊把身子打橫，閃到床頭邊上，深怕被阿寶這顆小圓球給滾過。

「床要給你踩垮啦……」阿樂開玩笑地提醒阿寶，阿寶什麼也沒聽見，只顧著慌，七手八腳掀起被子蒙了頭又蓋住身體。

「別緊張！別緊張！」阿樂試著安撫，「蛇跟老鼠不會爬上床的，牠們比較喜歡在地上玩啦，因為……」阿樂試著找出讓阿寶相信的理由，「因為，地上比較涼快啦！」對！阿樂記得書上好像說過，蛇跟老鼠就住在陰陰冷冷的地方……

「睡覺啦！別怕……」阿樂伸手拍拍裹成一團的阿寶，觸摸到阿寶的微微顫抖，心裡覺得也好笑也憐惜，過一陣子吧，再過一陣子阿寶就會變堅強了，好像自己，老鼠和蛇見著我最好識相地躲開，不然就要遭受棍棒追殺了……

「什麼聲音？」阿樂突然驚醒，睜開眼睛坐起身子。

自從上一回的黑影子晃過之後，阿樂的感覺更靈敏了，或者應該說，阿樂變得更加神經質，夜裡只要聽見風吹樹葉沙沙動，他就會立刻豎起耳朵傾聽，那些沙沙聲音裡有沒有夾著步履輕輕，是不是那黑影又現身了？

匡啷一聲！在隔壁！廚房！

阿樂趕緊跳下床，三兩步就抄到廚房門口，一隻腳跨進門檻，就著灰白的光，阿樂瞧見一個背對門的身影，阿樂伸長脖子看個仔細，原來是隆師娘！阿樂鬆了一口氣，肩膀跟著垂放下來。

「師娘，要去挑水啊？」阿樂很快回過神來，往後抽腳，整個人退到廚房門外。

「是啊！」隆師娘輕聲地回答。

阿樂想起來了，這半個月，是輪到隆師娘挑水的！雖然水井距離

大厝不算遠，可它是附近十幾戶人家的水源，得挑對時間去，才能一口氣把事情做完，所以隆師娘習慣在清晨早早起床，趁女兒們都還在睡覺的時候去。

「師娘，你先去，我一會兒跟到……」阿樂轉身回房。

阿樂回到床邊，拿起衣褲穿上，腳丫子輕悄悄地趿起兩隻鞋出門去，天色灰白，整座大厝還在濛濛的睡夢裡，附近的屋舍也沒有動靜，只是隱隱約約聞到燒柴的味道，家裡的阿母應該也起床煮早飯了吧……

阿樂就睡在廚房隔壁的柴房裡，說是「隔壁」，其實只隔著一片糊了泥巴的竹籬，什麼動靜都聽得見，有時候連老鼠的利爪不死心地刮著碗櫥拉門的吱吱聲都能聽得清清楚楚。

每一天，大概都是廚房先有動靜的，因為在隆師父的大家族裡，分成五房，每一房的媳婦輪流煮飯或者打水、挑柴，很早就得起床幹活兒的！阿樂不知道師娘她們怎麼商議的，反正阿樂跟著師娘做就對了。

除了幫師娘，阿樂還幫著四師叔。因為四師叔娶了不會煮飯的媳婦兒，除了下田，四師叔還得走入廚房，幫著自己媳婦兒頂替妯娌輪流的廚房勞役。阿樂起先也覺得納悶，不會煮飯怎麼嫁人啊？還是嫁到這種大家族裡呢！四師叔怎麼會娶她呢？

連阿樂都這麼想，大家族裡當然也會有人這麼想……

「丟臉喔！男人煮飯……」二師母甚至當面取笑四師叔，阿樂覺得很不可思議，二師伯人還算好的，怎麼娶個老婆嘴巴這麼毒呢？但阿樂也不能當面說些什麼的，何況連四師叔自己也不說話……

「師叔，我幫你！」阿樂一邊幫忙燒火，心裡卻替四師叔感到難過。

「沒關係，阿樂……」四師叔竟然還安慰阿樂，「別跟女人計較啦！誰做不都一樣，三餐有飯吃就好！」

阿樂蹲在灶口前面，拿起一根木頭擱入燙紅的火堆裡，「可是二師母也太壞了！」阿樂還是忍不住脫口而出。

「阿樂，你家有幾個男生？」四師叔突然這麼問。

「男生？只有我一個啊，還有兩個妹妹……」阿樂回答。

「喔……這樣就沒事……」四師叔好像鬆了一口氣似地，然後又忙著他的活兒。

「沒事？什麼事啊？」阿樂不太了解。

「那我就不講了，反正你大概永遠不會知道的……」四師叔雖然把話打住，阿樂心裡卻是繼續想著他的話，腦海裡浮出一些片段，四師叔煮飯、二師母斜眼旁觀；四師叔挑水、大師母遠遠地咧嘴笑著；四師叔捆柴、小師孀嘰嘰喳喳談論著……

這些臉孔幾乎無時不在、無處不在！阿樂一個轉身就碰見這個，再一轉身又碰見那個，雖然她們說的都不關阿樂的事，阿樂就是會瞧見那些眼睛裡的輕視，拋向四師叔，甚至還拋向隆師娘！

5 師娘

「怎麼可以這樣對待師娘！」阿樂心裡氣憤地想，「她給隆師父的幫助可大呢！」

在阿樂眼裡，隆師娘的脾氣很好，對阿樂也很好，好像把他當成自己的兒子一樣。隆師娘總是默默做事，只是連生了三個女兒，而其他房的媳婦都生了三個兒子！

家族裡的妯娌們對隆師娘冷嘲熱諷，她都不會回嘴。她跟著隆師父出門演戲，三個女兒沒托給家族裡的妯娌，反倒找了對面的同宗大嫂幫忙照顧，可見隆師娘心裡還是有疙瘩的。

「辛苦你了！」隆師父只會輕輕淡淡地安慰隆師娘。

在阿樂看來，隆師父並未怪罪師娘沒幫他生個男孩子，只是覺得一些風言風語很刺耳、很擾人。

「我再努力一次……」隆師娘說。

「好，小心點！多叫阿樂幫你……」隆師父似乎對什麼事不太放心。

「師娘……」阿樂問著，「需要我幫妳做什麼嗎？」

「也沒什麼……」隆師娘不好意思地小聲說，「因為我有身孕了……」

「真的！是男的還是女的？」阿樂迫不及待地問。

「傻孩子，哪有這麼快就知道的！」隆師娘笑了笑，「你看，肚子也還看不出來……」隆師娘挺出肚子摸了摸。

「師娘，那妳想生女生還是男生啊？」阿樂馬上發現自己真不該問這個問題！

「當然是兒子啊！」隆師娘不得不這樣希望，阿樂也知道的，對！

就是要生男生，讓二師母她們無話可說！

「可是，萬一又是女兒……」隆師娘還是非常擔心。

「阿樂，你當師娘的孩子好不好？」隆師娘突然這麼問。

「咦？」阿樂傻住，不懂隆師娘在說些什麼。

「我是說，如果我又生了女兒，你就永遠住在這裡，當我們家的孩子，」隆師娘不停地說，「到時候，隆師父的戲團就給你，這樣好不好？」

「我不知道……」阿樂一時間不知道怎麼思考這個問題，隆師娘生女兒跟自己有什麼關係啊？何況，自己只是來學布袋戲，以後要回自己的家呀……

隆師娘到底在說什麼？她為什麼這樣說呢？反正啊，阿樂知道，這一定是她很想生個兒子！隆師娘人這麼好，老天爺一定會保佑她生兒子的！阿樂這樣想。

隆師娘不但人好，更是能幹，是戲偶的裁縫師！她有一台裁縫車，那是她的嫁妝，她常常幫戲偶縫製獨一無二的戲服。師娘踩裁縫車的樣子，總讓阿樂想起阿母低頭縫衣服的樣子……

「師娘，妳有學過裁縫啊？」阿樂蹲在地上問著，他喜歡跟著隆師娘一起幹活兒，就好像跟在阿母身旁一般。

「沒有……」隆師娘正蹲在地上畫紙樣，一邊畫線一邊回答。

「我來幫忙……」阿樂也拿起一枝筆在硬紙板上描線，「那妳怎麼會做衣服？」阿樂又問，繼續做著手上的活兒。

「因為以前在家裡有做過……應該說，看我阿母做過，也幫她做過……」隆師娘說，「哪，就像你現在幫我一樣……」隆師娘拿起剪刀將先前畫好的紙板剪下。

「給你！」隆師娘把剪刀遞給阿樂，「剩下的，你來剪！會不會？」

「會！這很簡單啦！」阿樂胸有成竹地說。

隆師娘自己則是在地上鋪了一大張紙，然後拿了一塊粉紅色薄紗

攤在紙上，將先前剪好的紙板壓在薄紗上，接著又從裁縫車的抽屜裡拿出起一塊東西，照著紙板的形狀在薄紗上描邊。

「那是什麼？」阿樂好奇地問。

「喔，這是做裁縫用的粉餅，」隆師娘解釋，跟著又笑說：「唉呀，你是男生，這些玩意兒你不用懂啦……」

「好啦，趕快把那些紙樣剪下來！幫你師父去……」隆師娘催著阿樂。

「沒關係！師父不是說要我多幫妳嗎……」阿樂一點兒也不急。

隆師娘起身，去拿了另一塊鵝黃色薄紗，然後又蹲下繼續用粉餅描紙樣。

阿樂繼續蹲著剪紙版，才發現這活兒好像沒完沒了似的，一陣怠意跟著微微的痠麻感覺漸漸從腳踝爬上小腿、繞過膝蓋再堆積到大腿上來。

隆師娘正打算起身，突然失去平衡跌坐在地上，「唉呀！」隆師

娘叫了一聲，整個人已經仰摔在地上。

「師娘！」阿樂大叫一聲，急忙丟了手中的東西過去攙扶。「我扶你起來……」

隆師娘伸手搭住阿樂的肩膀試著爬起來，卻發現腰部根本使不上力，「不行！我爬不起來，去找你師父來……」隆師娘忍著痛用手肘撐住身體。

阿樂聽了，慌慌張張跑去將隆師父找來。

隆師父趕到後立即蹲下身子使勁抱起隆師娘，「阿樂，你把那些紙板剪完，再幫我收一收啊……」隆師娘仍然不忘交代阿樂把事情做完，但是聲音裡聽得出是忍著痛的。

「喔……」阿樂點點頭說，找到先前被丟開的剪刀，又繼續「喀擦」、「喀擦」地忙起來，只是心裡頭因為驚愕，像被淘空了感覺似的，像個木頭人，呆呆地看著剪刀張口閉口……

隆師娘已經幾天沒出房間了，阿樂不知道那一摔讓隆師娘得在床上躺這麼久！

「師父，師娘有沒有怎樣？」阿樂關心地問隆師父。

「醫生說，怕動了胎氣，得多躺幾天……」

對啊，隆師娘可得趕快好起來才行，阿樂趕忙跑到大廳去，合掌向高高在上的神明拜了又拜……

阿樂向來佩服隆師娘，她是戲團的靈魂，負責配樂，可是隆師娘並不識字，唱片上寫著的歌曲名稱她是看不懂的！

戲團演出的前一天，她總會把用得上的樂曲都預聽一次，然後把唱片按照順序放好。

上戲的時候，戲台右後方就是音控台，隆師娘坐在高高的圓凳子上，兩手各控制一個唱盤，左邊放大了音量，是正在進行的背景音樂，可是同一時間，右邊唱盤的音樂也正在播放，只不過音量很小很小，只有隆師娘一個人聽見，那是接下來要播放的，算是做最後的確

認。

阿樂坐在隆師娘腳後邊兒，也就是戲台右後方的角落，阿樂常常出神地看著師娘不慌不亂地播放音樂，這張紅色唱片A面的第三首，然後是黃色唱片B面的第一首，一會兒這邊調大聲、一會兒那邊調小聲，更厲害的是，兩首歌替換的時候沒有出現停頓！台前的觀眾根本不知道換了唱片呢！

「師娘，妳怎麼辦到的？」阿樂終於忍不住好奇地問。

「什麼？」隆師娘正專心在整理唱片。

「我是說……師娘不是看不懂那些字嗎？怎麼知道哪首歌在哪張唱片裡面呢？」

「喔，你說這個啊，我是用聽的、用記的……」隆師娘有點不好意思地說。「唉，哪裡知道嫁了人要做這一行，早知道，我就多讀點書、多認些字……」隆師娘悠悠地說。

「妳是不是也在唱片上做記號？」阿樂說出自己的觀察。

「對啊！」隆師娘點點頭，露出淺淺微笑，心裡頭覺得這個小徒弟還挺認真的，「其實也很簡單，」隆師娘繼續說，「這些唱片不是每一首都能用的，」隆師娘順手拿起一張唱片來，「你看像這張，只有A面第二首可以用，我在曲名前面點一個黑點做記號，久了就不會忘記！」

「有時候，你師父也會教我認幾個字，」隆師娘笑了笑，「筆劃少的字啦，可是喔，很奇怪！有時候筆劃很多的我反而認得呢！」隆師娘摀著嘴笑出聲音來。

阿樂跟著笑開了嘴，也同時想到自己認得的字也不是很多，怕都要還給學校的老師了！

「可是，一張只有一首能用喔……」阿樂惋惜地說，「那我們不是要花很多錢去買很多張唱片？」

「是啊……而且唱片用久了，唱片也會被唱針刮壞，有雜音，透過音箱放出來就很難聽！」隆師娘解釋道。

「只有一首能用……為什麼呢？」阿樂又問。

「這個喔……」隆師娘歪著頭想了想，「應該怎麼說呢，譬如別團在用的歌，特別是主角的配樂，我們就不用，但有些曲子的氣氛很好，恐怖的、緊張的，會有很多戲團都在用……」

阿樂想起電視上的布袋戲，他特別喜愛「史豔文」出場的那一段音樂，即使不是坐在電視機前面，一聽那音樂，阿樂眼前就會出現「史豔文」的英姿……

「所以那些唱片上有很多歌我都沒聽過喔……」阿樂好奇地說著、想著……

其實，那些常播的歌曲已經夠阿樂哼哼唱唱了，但是，阿樂還是忍不住要想……說不定其他的歌也很好聽呢……

隆師娘那一摔躺了十來天，阿樂把廚房的活兒全攬下，連洗米煮飯他都學會了，只有炒菜是由四師叔來做，隆師父誇他，隆師娘也送給阿樂一個唱盤和幾張唱片。

「給你，謝謝你這麼幫忙！」隆師娘拍拍他的肩膀，「你不是想聽聽別的歌嗎？這些都是我們用過的，是淘汰下來的，以後還有，我再拿給你……」隆師娘笑著說。

「謝謝師娘！謝謝師娘！」阿樂嘴上連聲道謝，心裡也湧出無限感激，原來師娘記得他說過的話！原來師娘都記得……

「你會用嗎？」隆師娘問。

阿樂只是猛點頭，迫不及待地抱著唱盤和唱片回到自己的小天地。

阿樂將唱盤放在竹床上，拉了線頭去插電，再把唱片攤開，一張黃色的、一張紅色的、還有一張黑色的！

「先放哪一張好呢？」阿樂自言自語。

「好，放黑色的這張……」於是阿樂將唱片中間的圓洞對準唱盤上的固定軸，右手食指輕輕抬起唱針，斜了身子歪著頭，眼睛盯住細細

的唱針尖兒，小心翼翼地將針尖兒放入軌道……

「呼……」阿樂不禁鬆了口氣，整個人往後退，好似卸下什麼重擔似地！

這放唱片的工作還真不簡單哩！阿樂心裡想，平常看師娘一副輕鬆，怎麼自己做起來是這個樣子……

阿樂把注意力轉到唱盤上，看著唱針一圈一圈地繞，覺得奇妙又好玩……

A面第一首唱完，唱針繞進第二軌，是「玉筆」在唱的「霧夜燈塔」！這是阿樂最熟悉的一首歌了，因為「玉筆」是隆師父招牌戲的主角，是武林高手！是正義的化身！對了，就好比電視上的「史豔文」啦！

聽著歌，阿樂不禁學著戲偶的身段在地上走起台步來……

「師兄！」阿寶突然從屋外跑進來，「咦？你怎麼有這些？」阿寶瞪著眼睛問。

「師娘給我的！」阿樂得意地說。

「給你？為什麼我沒有？」阿寶嘟起嘴。

「嗯……嗯……師娘有叫我分你聽……」阿樂只好說謊來安慰他。

「好！那我要聽這張……」阿寶一個箭步拿起黃色唱片、再拉開唱針……

突然響起嘎嘎的聲音！

阿樂心頭一驚，急忙出手推開阿寶，阿寶被推向門邊，沒站穩，整個人就往門檻一掛，頭在門外、腳在門裡！

「嗚……好痛啊……」阿寶的肚子頂住門檻哀嚎著。

阿樂不管阿寶，反而心急地趴在唱盤邊，提起唱針來努力地察看著。

「你看！都是你！唱針好像斷了……」阿樂忍不住懊惱地責備，並且伸出手指去觸摸唱針，「唉呀！」阿樂伸出手指，指腹上沁出一小團血，阿樂立刻將手指含在嘴巴裡，用舌頭舔了舔血……

「嗚……」阿寶抱著肚子還喊痛，看見阿樂也受了傷，這才安靜地閉嘴。

阿樂不發一語，只是慢慢地收拾唱盤和唱片。

「我去跟師娘說……」阿寶突然想起。

「說什麼！」阿樂還在氣頭上，用兩顆瞪得圓圓大大的眼珠子看著阿寶。

「說唱針的事啊……」阿寶低頭畏縮地答。

「不用了……不用了！」阿樂一邊搖頭，說話的口吻也給漸漸搖得沒了力氣，他就知道！這個阿寶什麼都不懂！換什麼呀，換新的唱針嗎？新的唱針是演戲要用的……

6 誰來請戲

在隆師父家，幾乎什麼都跟演戲有關，做什麼都是為了出團準備著。隆師父常常自己製作一些道具，包括用來增加戲劇效果的假山洞、怪獸、白骨屍、彩旗等等，阿樂當然也得幫忙。

「阿樂，你來畫一隻怪獸，越可怕的越好……」

「啊！要我畫？」阿樂不敢相信自己的耳朵！這些怪獸是要拿到戲台上去用的，我怎麼會畫？只有那些專門畫布景的人才夠資格吧？自己不過是一個學徒，沒什麼本事……

「把你看過的再變化一下就可以……」隆師父堅持要阿樂試試看。

「喔……」阿樂拿起鉛筆在紙上拉出線條，腦海裡開始搜尋影像，

可怕的？「好，畫一個大嘴巴，尖尖的牙齒……」對了，阿樂想到鍾馗，還有一大群妖魔鬼怪，記得那是學校老師講過的故事……

這是長久以來阿樂又一次拿起鉛筆，他幾乎忘記自己曾經拿過筆、寫過字的，現在握著筆，覺得那樹枝一般的鉛筆竟是不太容易使喚呢！

「師父你看，這樣可以嗎？」阿樂把畫紙遞到隆師父眼前，隆師父看了又看，最後點點頭。

「好，現在照這個樣子，把它畫在那邊的塑膠版上……」

喔，阿樂突然覺得自己變靈光了！這就跟隆師娘給戲偶剪裁衣服的做法一樣嘛，心境上的轉變加上先前的經驗，阿樂蹲在塑膠版上的心情輕鬆不少，總算有一件事情是自己做得上手的！

所以接著是把塑膠版剪下來？

「師父，我描好了！接著要把塑膠版剪下來對不對？」阿樂得意地探問。

「沒錯！」

沒錯！阿樂心裡霎時像隻鳥兒飛著繞著，嘴唇不禁噘起，跟著便吹出口哨。

「專心點，小心手指頭！」隆師父不改嚴厲地說。

「喔……」阿樂收攏搖搖擺擺的肢體和心情。

剪完了塑膠片，隆師父遞給阿樂一雙手套和一張砂紙。

「師父，這要做什麼？」

「先把手套戴好，」隆師父自己也拿了手套準備戴上，「然後用砂紙摩擦塑膠片，像這樣……」隆師父先做給阿樂看，「每個邊邊角角都要磨到，這一面磨完再換面。」

阿樂仔細地聽完，心想這也是件簡單的事兒，於是開始賣力地磨，唏刷唏刷……

「磨好了！」阿樂立刻將磨好的塑膠片拿給隆師父看，「師父，這樣可以嗎？」

隆師父接過塑膠片，脫下右手的手套，用指頭在塑膠片上又摩擦一遍。

「這樣不行，你磨過頭了！」

「啊，磨過頭？」阿樂愣住。

「好啦，沒關係，剛才我忘了跟你講……」

呼！阿樂鬆了一口氣，隆師父竟然沒有動怒，也是啊，沒跟我講怎麼做，當然不能罵我！

「你看，」隆師父又拿起一塊塑膠片，「本來是滑滑的，你只要把它磨出粗粗的痕跡來就可以，等會兒才好把漆塗上去……」

過了這一道比較不好拿捏的步驟之後，上第一層漆、晾乾、再上第二層漆真的就容易多了，不需要訣竅而且不會出錯！

阿樂拿起毛筆當塗刷，跟隆師父一起把所有的塑膠片一一上色，這才發現阿寶不知道又跑到哪裡去玩了。

「這個死阿寶，每次都不來幫忙！」阿樂嘴裡嘀咕一句。

「沒關係，他還小……」隆師父顯然也不會因為阿寶偷懶而生氣。

「什麼都不會怎麼行！」阿樂又補了一句。

「放心，他想學的時候自己就會著急了……」隆師父倒是口氣和緩地接著說，「小孩子就是愛玩，知道玩過頭的時候差不多就會長大了，我也是這樣……」

咦？阿樂豎起耳朵來聽下文。

「你剛來的時候也是這樣子的……」

阿樂心想不妙，話題怎麼又繞回自己身上來了？

「可是你看現在，你現在不就乖乖蹲在這裡學了……」隆師父微笑著說。

阿樂卻心虛地低著頭，手上的毛筆刷得好快。

「你在亂刷什麼啊！要順著同一個方向刷！」隆師父趕忙喝止。

「喔！」阿樂覺得好氣，自己怎麼老是這樣，心情一放鬆就出錯，前面被誇獎，最後還是被罵，真不喜歡這樣！

「一筆一筆塗，這樣才能塗勻，不然漆會凹凹凸凸的，很難看的！」

「知道了……」阿樂喪氣地應聲。

原來學演布袋戲還要學著製作道具，這不是木工才要學的嗎？

「師父，別人也是這樣自己製作道具嗎？」所以阿樂疑惑地問。

「不一定，大部分是買的，有專門製作道具的人啊……」隆師父解釋道。

「那我們為什麼不買？」

「有啊，一部分用買的，但是為了跟別人不一樣，就自己做一些。」

對喔，聽隆師父這麼一說，阿樂才猛然想起來，上次把那一隻木頭龍抓上去用的時候，很多小孩子都爭著跑到後台看個究竟呢！

跟別人不一樣，怎麼不一樣呢，阿樂心裡想，把戲偶撐在掌上，走路？小生要溫文而且不快不慢，換成小旦，就讓她走得婀娜生姿的嘛！可是像不像、好不好看也有差別呢！拿自己的技巧跟隆師父比，那就差得很遠！所以，如果把兩個戲團拿來比一比，有了這些自己製作的道具，我們就會比別人強？

「對！一定是這樣！」阿樂想了一遍，感覺自己被說服之後就放心了，反正跟著隆師父學就沒錯！

平常不演戲的時候，阿樂當然必須練習戲偶的操作技巧，第一步就是認識戲偶的結構。

「來！你看！」隆師父把戲偶拆開來教阿樂，「戲偶的身體結構分成三個部分，第一部分是頭和髮絲，戴上不同的冠帽代表不同身分，女性通常會梳起高高的髮髻。」

「我知道！」阿樂有時候會自己觀察的，「小姐和丫嬛的髮髻會不一樣……」

「對，很好！」隆師父竟然讚美起阿樂，這讓阿樂心神愉快。

「重要的是這個脖子，」隆師父指著戲偶的頭頸部分，「像我的手掌大、手指長，我把食指套進空頸子這裡，拇指和中指就可以操縱戲偶的兩隻手。」隆師父一邊說一邊示範。

阿樂也跟著做，可是短短的手指就是沒辦法將空頸撐直，所以戲偶便垂著一顆重重的頭。

「嘖……唉……」阿樂歪嘴斜眼地氣自己。

「第二部分是身體，這個部分的構造就像個小布袋，可是有缺口，好，現在把頸子放進上面的缺口，」隆師父一邊說一邊做，「你看，這個袋子口旁邊有兩條線……」隆師父把線拉出來給阿樂看，「用這兩條線把軀體綁在脖子上，要纏緊、綁緊！」

阿樂的眼睛也盯得緊緊的，照著隆師父的動作學著。

「你看，身體跟頭就連在一起了！」隆師父將戲偶撐在掌上轉著身軀。

阿樂好不容易將線紮緊，跟著將兩隻指頭伸進空頸子，心想這樣

應該可以穩穩地撐住戲偶的頭了吧，哪裡知道才張開手掌打算學師父表演一個翻身，戲偶的頭卻咚、咚、咚滾落在地上。

「啊！」阿樂驚呼一聲，急忙撈起地上的戲偶一看，「糟了！鼻子掉了！」只見戲偶的鼻尖變成凹陷的一塊木頭。

阿樂心想這下可慘，被師父罵也就算了，還摔壞一個戲偶！

「不要緊！」隆師父沒生氣？

「這是常有的事，以後多練習，這個戲偶就給你拿去練習吧……」

「喔……」阿樂不禁大喘一口氣。

若認真說起來，摔壞戲偶事小，沒練好技巧那才叫「嚴重」！所以算一算，這個戲偶還得摔多少回，才能幫阿樂練就一手掌上功夫呢？

除了學掌上功夫，隆師父當團主的架式也是阿樂常常偷偷在心裡打量和模仿的。師父不多話，可是一擺出師父威嚴的時候，阿樂就不敢正眼看他！

隆師父的戲約都是客人自己上門來預定的，這也是隆師父覺得自豪的事情。

「我不會出去拉生意的！」隆師父板著一張臉說，這是他的原則，他寧願在家裡等，也不要騎著摩托車四處去延攬戲約，「別人那樣，我不要！」

阿樂知道，隆師父其實是很好面子的。

「我只吃願意被我吃的魚！」

隆師父說的這句話，阿樂並不太明白，只是覺得戲團就是要演出，拿了戲金，所有的團員才有飯吃。可是，隆師父有自己的規矩。

「演戲人也要有志氣！」隆師父這麼說，「人家才會尊重你！」

「師父，可是別的團一個月演出好幾次，還有分團，我們團才兩三次……」阿樂小聲地提出疑問。

「分團怎樣？人家請你是要看主演的功夫，派個助演去怎麼像話！」隆師父氣憤地抱怨同行，「他們這樣做只會破壞布袋戲的行情，身價就抬不起來……」

阿樂疑惑地看著隆師父，「師父，身價怎麼訂啊……」阿樂問著連自己也不太能夠理解的問題。

「比方說吧，今天的戲金是一萬元，一個路過的人看到我們的戲，他正好要辦喜事，想找個戲團熱鬧一下，他可能就會過來問，也許問雇主，也許直接來問我們，那麼這個『一萬元』就可以算是身價，下一場戲從這個價錢談起！」

阿樂懂了，因為隆師父說的「一萬元」真的是很貴的價錢，以前過年的時候，阿爸給他五塊錢當壓歲錢，他就可以買很多糖果來吃了，這個「一萬元」當然要比五塊錢貴上很多很多！

「這個價錢都不會變嗎？」阿樂又問。

「不一定！」

啊，這個回答讓阿樂原本以為全懂的事兒又變複雜了！阿樂摸摸腦袋，「戲金」和「身價」的問題還沒想明白。

「去提水來吧！」隆師父吩咐著，阿樂暫時將「戲金」和「身價」的問題擱著，因為師父要泡茶囉！

平常時候，隆師父喜歡喝茶，喝著客人送的茶等客人上門。這讓阿樂又有了精神，可以跟著吃一些點心，活該這個阿寶溜出去玩了！可是，水剛煮沸，一個客人上門來，阿樂的點心暫時沒得吃了……

「隆師父，下個月初六有空嗎？」客人還沒坐下就直接問，他是隔壁村的林桑。

「隆師父，你若有空，就這麼說定了，價錢照舊……」林桑雖然一點也不囉唆，阿樂心裡倒是納悶，這「價錢照舊」是多少呢？

阿樂知道這種娶老婆的喜事，雇主通常很大方的，除了有賞金，還會有好吃的喜宴，一想到喜宴，阿樂不禁嚥了嚥口水，他最愛吃冷盤上的烏魚子、焢肉裡的筍絲、丸子湯，當然還有冰冰涼涼的汽水……

隆師父還沒回答，他先轉身去看釘在牆上的小黑板，態度有些高傲，畢竟他可是這附近幾個村子裡名號響叮噹的人物呢！這一想，阿

樂也跟著挺起了胸，站直了身子！

牆上的小黑板上寫著戲團的行程，左邊列的是當月戲約，右邊列的是預訂戲約，有下個月的、下下個月的，甚至還有遠在一年以後的。

隆師父看過黑板之後，又轉過身坐了下來，兩手忙著打點桌邊的小茶車，慢條斯理地沖茶，然後端端給林桑一杯。

「好，我給您定下日子……一切照舊……這也是公道價，沒給別人算便宜，也不會算你貴。」隆師父語氣平平地說，隨即端起茶杯湊向嘴邊哈口氣，跟著啜了一口熱茶。

林桑也啜了一口茶，臉上沒什麼特別表情，但是阿樂看得出來，這個林桑似乎是鬆了一口氣似地。

阿樂在想，難怪這個林桑不怎麼說話，換做是他，大概也不敢在隆師父面前多說一句，因為跟隆師父說話的時候，你就是會聽他的！

隆師父起身走向牆上的小黑板，拿起粉筆寫下戲約日期，「不知道訂金要付多少呢？」隆師父轉身問客人。

「五百！」客人回答。

隆師父再轉身寫下：「訂金五百」。

訂金！幾乎每一次的戲約都要預付訂金的，不管是五百還是兩千，這代表雙方的承諾，據隆師父告訴阿樂，打從開團以來，突然取消戲約很少發生，大概只有遇上颱風或水災的時候才不得不取消。訂戲，有些時候甚至只有口頭之約！

「隆師父，明年再拜託你了！」這個雇主在戲團剛收了戲的時候就跟隆師父訂戲。

「好的，明年同一天，我記下來了。」隆師父點點頭。

這個簡家的老爺有一大片果園，他把果園一小部分的地整平，然後蓋了全村的第一座私人廟宇，供奉著「神農大帝」。

「師父，這個簡家老爺很喜歡我們的戲喔……」阿樂高興地問。

「應該是吧……」隆師父臉上也露出得意的笑。

「可是他沒有給訂金……」阿樂突然想到。

「沒關係！他很守信用的！」隆師父卻一點也不擔心。

「喔……」阿樂還是不太放心。

「我跟你講，這一行做久了，你會知道哪些人是講信用的，」隆師父很有把握地說，「那麼，你就要擺出一樣的豪氣來！不要斤斤計較……」

對喔，阿樂算一算，大概還有五間廟也是這樣的，他們每次選出來的爐主好像都跟隆師父很熟，所以常常是一句話就訂了來年的戲約！

還有就是像林桑那樣的客人，因為大兒子娶親時找過隆師父，要給二兒子辦喜事，還是會來找隆師父。

「首先，你要讓他們信任你，」隆師父繼續說，「一來，是信得過你這個人，二來呢，是信得過你的戲……」

「戲也跟信用有關啊？」阿樂搔搔頭。

「那當然，戲要演得好看，人家才會來請你啊！」隆師父哼笑一聲，「不然我們幹嘛一直在買新戲偶、新衣服、新唱片，還有一大堆新機器什麼的……」

阿樂邊聽邊點頭，隆師父說得有理，原來平常做的都有用呢！自己還覺得沒出團就可以偷懶了……

當然啦，沒戲演就得在家等戲約，等著客人上門，一天裡，只要有客人來訂戲，不只隆師父一整天的心情會很好，連阿樂也覺得生龍活虎似的！

阿樂常看隆師父一下子就談妥戲約，一點兒都不費力氣，真的很像「姜太公釣魚」，難怪師父常說「願者上鉤」，阿樂突然懂了師父的堅持，因為隆師父就是姜太公啦！

7 隆興閣

阿樂猜，這「隆興閣」一定是從師父的名字「隆」來取的，人家不是常說「生意興隆」嗎，就是希望戲團常常演出，然後賺很多錢！可是阿樂也知道，戲團的人很多，不多賺點錢，這些人、還有他們的家庭怎麼辦？

「你放心，他們有別的錢賺啦！」四師叔這麼說。

對喔，阿樂想，好比四師叔啊，平常他去種田，有時候去工廠打零工，有時候跟隆師父出團，所以他一個人賺三份錢喔……

「那我以後也可以這樣子……」阿樂心裡盤算著。

「可是……怎麼賺都是小錢……」四師叔語氣下沉，「要嘛，你就要像你師父那樣，有辦法帶一個團，一次演出，就賺一大筆錢！」

「可是，師父也花了很多錢啊，像戲台、布景、音響這些都要花很多錢去買，壞掉了還要花錢修理的……」阿樂訝異自己竟然會從隆師父的角度，也就是戲團團主的角度來看事情呢。

「也是啊……」四師叔點點頭，「但是，這麼多東西以後要傳給誰呢？」

四師叔怎麼突然這樣說？這麼多東西都是戲團的，而戲團是隆師父的嘛！以後？不是很久以後的事嗎？以後就會知道啦！反正現在戲團有很多人，常常出去演戲比較重要……

從團員名冊來看，隆師父的戲團成員很多，除了隆師娘，還有二師伯和四師叔，不過二師伯只是掛名而已，四師叔和建叔算是助演。另外還包括了後場的三個樂師，一個拉弦、一個吹嗩吶、一個敲板、鼓、鑼、鈸的，這些樂師通常只在「扮仙戲」和中午場的「古路戲」

演出，到了晚上的「金光戲」，就換上師娘負責的唱盤音樂，播放一些西洋和流行的樂曲。

阿樂聽四師叔說，這些團員除了來隆師父的戲團，都還兼著做別的，吹嗩吶的伯伯有時會跟著出殯行列吹喪樂，另外拉弦的和鼓場的，晚上兩人在同一間酒家裡跟樂團配合，而這些，隆師父都知道的。

既然隆師父知道，也允許這些團員趕場，他就有辦法讓這個戲團一直演下去的，阿樂這樣想……

「師叔，我們團裡有很多人啊！而且，我和阿寶也正在努力學……」阿樂挺起胸膛說著。

「對，你要努力學，不是學當助手喔，要學當主演……」四師叔拍拍阿樂的肩膀。「不要像我，其實我也當過學徒的……」

「師叔也當過學徒？」阿樂睜大眼睛看著四師叔。

「對啊，而且跟你師父還是同一個師父呢……」

這又是阿樂從未聽過的！

「怎麼樣？怎麼樣？」阿樂好奇地問，突然間好像偷偷發現了隆師父的秘密，沒人知道的秘密！

「什麼怎麼樣？」

「師父怎樣啊？喔，不是你們的師父，是我的師父啦，他以前就很厲害嗎？」阿樂急切地想知道一些事情，凡是關於隆師父的都好，尤其是他以前當學徒的情形那更好，因為，光是知道隆師父曾經也是人家的學徒就讓阿樂得到莫名的解放！

所以，就可以把自己比做隆師父嗎？或者……或者告訴自己：誰都是從平凡的學徒做起的，這樣會讓自己多出一點點信心……不過，隆師父當學徒的時候一定還是比現在的自己強……

「我三哥啊，其實他學到一半就沒學了……」

「啊？」阿樂簡直不敢相信耳朵所聽到的！這……怎麼可能！

「想起來，我跟你師父好像都有一段空白，年輕的時候也不知道在

幹嘛，書也不想讀，田也不想種……」四師叔的眼睛飄向遠方。

「不知道！現在真的想不太起來……」四師叔搖搖頭，不知道是因為遺忘而懊惱？還是更使勁兒地想要將某段記憶遺忘？

可是「學到一半」這個說法讓阿樂極度好奇，隆師父不是樣樣精通嗎？操作戲偶那是沒話說的，當團主一手打點大小事情可不是「學到一半」就做得來的！還有啊，懂得應付各種上門來訂戲的客人，這可是阿樂不知道該從何學起的一門功夫呀！

除了固定的團員，樂師裡面還有個偶爾出現的少年富叔，是打鼓老樂師的兒子，他偶爾會來代班，每次來的時候都穿著一身白色西裝，配上格子襯衫，最上面的兩個鈕子向來不扣，連著一對長長的領尖外翻，便露出白白皙皙的胸膛來；外加一雙白皮鞋，一走路，鞋底就會磨出鏗鏘的響聲。

而且，他每次都是騎著一部白色的「偉士牌」機車，那副瀟灑勁兒啊……阿樂恨不得自己也是那樣！

「帥啊……」阿樂目不轉睛地盯著富叔打鼓時那種自在與豪放的神態，瞧得兩片嘴唇懸著、開著，好似就要漏出一條口水河來，「我長大以後也那樣穿……真帥啊……」阿樂堅定地說。

「哈……哈……哈……」阿寶每聽一回笑一回，還一邊笑一邊念：「白西裝變灰西裝，灰西裝變黑西裝，哈……哈……哈……」

阿寶說得對，笑得也有道理，人家富叔可不必扛東扛西，自己卻是得捲袖子、捲褲管的，尤其還要負責電光台！

說起打電光，偏偏隆師父就是要指定阿樂去做，阿寶就不用學！

阿樂記得，有一回還被火藥炸得一臉烏黑黑呢！

「阿樂，注意看，這是榔頭、這是鐵板、那些是炮粉，不能開玩笑的！」隆師父也板起鐵板樣兒的臉孔，儘管已經說了又說、教了又教，演出的前一天，隆師父還是會再叮嚀一回。

「白色的是鎂粉，黃色的是硫磺粉，這一罐是黑火藥，一定要分開

裝！好！換你來倒倒看！」隆師父在一旁看著。

阿樂小心心翼翼先拿起白色藥粉罐，嘴裡唸著「這是鎂粉，」然後用手指擠出一些倒在鐵板上，放下之後又拿起另一罐，「再來是硫磺粉，倒一點點在上面，最後是黑火藥」，阿樂的身體不自禁突然後仰，深怕幾種藥粉倒在一起會發生什麼事情！

「別緊張！現在不會怎樣！」隆師父說。

放下手中的噴罐，阿樂伸手去拿腳邊的長柄榔頭，這長長的木柄就是為了保持安全距離，可是對於阿樂來說，提拿起來很吃力，得叫手腕和前臂同時使上很多力氣才行。

「好重！」阿樂說完便伸出左手救援右手，但是鐵榔頭還是向下沉。

「抓緊！」隆師父提醒，「好，身體後退一點點！」

阿樂連屁股都跟著向後挪移，眼睛直盯著前面的鐵板，兩隻手將榔頭抓得緊緊的。

「好，看準了就用力敲下去！」隆師父還是不放心地指揮著。

阿樂的雙手微微發抖，不知道是因為榔頭的重量還是因為心裡的緊張，還是因為隆師父嚴厲地瞪著，阿樂的手就是懸著，連氣都憋著！

「敲下去！」隆師父大喝一聲。

阿樂手中的榔頭竟然跟著喝令自動下墜，真不敢想像後果，於是阿樂緊閉雙眼，隨它去啦！

霎時「砰」一聲巨響，阿樂因為眼前的黑暗更加驚慌，丟了榔頭就滾，也摸不清方向，一睜開眼卻發現隆師父氣呼呼地瞪出兩個眼珠子。

「過來！」隆師父又喝令。

阿樂低著頭踱著步，緊張地搓著手，這才發現兩隻手掌像裹上灶裡的煙灰，「咦……」阿樂想不透。

「不是講過嗎？眼睛要看準！誰叫你閉眼睛的！」隆師父這會兒還

是斥責，「你看你……變成黑人了……」那會兒卻笑了起來，不是很大聲，可也咧開嘴「哈、哈、哈」了好幾聲！

阿樂見隆師父不再生氣甚至還笑了，本來惶恐的心情跟著鬆懈下來，只是依舊沒弄懂師父說的「變成黑人」是什麼意思。

「什麼變成黑人啊……」

「你的臉啊……嗯……哼……」隆師父清清喉嚨，恢復嚴肅的神色，「你靠太近，所以炮灰跑到你臉上來了！」

阿樂連忙用手心往自己臉上一抹，再一瞧，唉呀！真的跟手背上的煙灰一樣黑呀！心裡便急著想要把臉抹乾淨，於是閉起眼睛，兩個手掌朝臉上又抹又擦的……

「唉呀……哈、哈、哈……」

「師父，你在笑什麼？」阿樂還是弄不懂，師父怎麼一直盯著我的臉笑個不停啊？

幸好阿樂毫髮無傷，只不過變成炮灰黑人而已！但是隆師父笑成那個樣子，阿樂還是第一次看到呢！

總括說來，打電光的工作就是吃力不討好，手痠不打緊，突發狀況更是常常發生！阿樂記得有一次，戲才演到一半，兩罐炮粉竟然用完了！

「這下子慘了！鐵定被隆師父轟到剩炮灰……」阿樂心想，怎麼辦？又不敢逃開……只好怔怔地看著師父，準備領死了……

「你怎麼搞的？炮粉帶這麼少！」隆師父果然大發雷霆。

「我以為應該夠的……」阿樂想要解釋。

「什麼應該！用用你的腦袋！上一次用了多少？這一次會用多少？仔細算算就知道，你根本沒有用心嘛！」

我哪裡知道今天會這樣啊……阿樂心裡想，本來都夠的啊，觀眾多就拖戲，一直打鬥一直打鬥……

「好了！還愣在那裡幹什麼！趕快去借鞭炮，去跟雇主借鞭炮來，快！」

隆師父跟戲裡的元帥一樣下了令，阿樂也像個小卒領了令便火速跑進雇主屋裡，不一會兒就提著一長串鞭炮回到戲台上。

隆師父趁著台前打鬥激烈的空檔，嘴巴離開麥克風，低頭又下了令：

「趕快把每一顆鞭炮外面的紙剝掉，把裡面的黑火藥倒在鐵板上，小心一點，剩下來的就一樣了……」

阿樂再次聽令行事，誰叫自己老是出錯呢！

那一個晚上，阿樂就這樣：一邊用最快的動作剝掉炮紙，一邊同步跟上師父掌中武林高手的「神掌」敲打電光……

所以就像阿寶說的，製造電光效果的時候穿白西裝可不行，誰都不會笨到讓一套昂貴的西裝沾上火藥味！那可是會惹人譏笑的，女孩子更不會多看你一眼！

「喔……原來想交女朋友啊……」阿寶自以為拆穿阿樂的心事，跟著還拍手大呼：「誰？誰？趕快跟我講……」阿寶拉著阿樂，想要問出個究竟。

「哪有？」阿樂紅著臉。

其實阿樂坐在後台的時候常看到很多女生，她們都是因為好奇，所以繞到後台東張西望。可是阿樂總是不好意思抬頭，因為他也知道，那些女生想看的一定是富叔，不會是他！

不要說女孩子，阿樂就是打心底裡欣賞富叔！奇怪的是，隆師父並不喜歡富叔常常穿得這樣帥氣！那天發生的事情更讓阿樂想不透……

「工作的時候正經一點！」隆師父對著富叔大聲講話。

阿樂驚訝地看著隆師父，心想隆師父雖然兇慣了，可都是指點這個、指點那個，是想把表演前的準備工作做到完善，從來也沒聽說隆師父是針對你這個人「不正經」而罵的。

「師叔……」阿樂輕輕叫著四師叔，把眼光拋向隆師父那邊，「怎麼回事啊？」阿樂低聲地問。

四師叔搖搖頭說：「小孩子別管！」好像知道什麼卻不說。

「雇主不喜歡那樣……」隆師父聲音又提高一些，從阿樂這邊看過去，隆師父的臉孔黑了一大半！

「下次你別來了！壞了我的名聲……」

阿樂嚇得不敢出聲，聽起來隆師父是真的生氣了！可是再看看富叔，他還是一派輕鬆地抽著菸，什麼話都沒說。

那一個下午，戲照演，可是後台安安靜靜，隆師父的臉一直繃著，富叔也收起平常嘻笑的姿態，就連離開也沒說一聲。

富叔從此沒來代班，他的老爸爸跟團的次數也變少了。

「少一個樂師怎麼辦？」阿樂關心地問。

「沒關係，現在潮流在變了，去買錄音帶來用用看，這樣也可以省一些開銷。」聽起來隆師父好像已經做好別的打算了，阿樂也不能說什麼。

阿樂後來聽四師叔講，這個富叔愛賭博、愛上茶室，老爸爸根本管不了他，被隆師父罵的那一次，他是帶了一個臉上畫得紅紅綠綠的女人到後台，兩個人在那裡嘻嘻哈哈的，結果被雇主看見，找了隆師父去問……至於後來的事，也就是隆師父發火的那次，阿樂就親眼看見了。

「那他現在怎樣？」阿樂問。

「聽說欠了很多賭債，那個女人也跑了……」

阿樂實在不想聽到這樣的消息，以前一起在後台開開心心演戲的人，說不來就真的不再見面，而且四師叔口裡的這個人，阿樂是一點兒也不認識……那個帥氣又風趣的富叔哪裡去了？

「師父，樂師不夠，怎麼辦？」阿樂問隆師父。

「沒關係，」隆師父看起來一點也不擔心，「我看我們非買新機器來用不可了……」

「什麼新機器？」

「聽說別的團已經在用了，不用樂師，連唱片也省了，好像叫做匣式音樂帶什麼的。」

「那是什麼？」阿樂好奇地問。

「我也沒見過，改天去找找、問問。」

阿樂心裡的疑惑越捲越亂，少了這些樂師，戲團會變成什麼樣子呢？

8 搭戲台

林桑娶媳婦的戲約就在今天了！中午過後，門口響起「嗆、嗆、嗆」的引擎聲，那是文郎叔的三輪車在喘氣，平常，這輛三輪車被雇用去載運耕田的機械和作物，只要有戲約，隆師父就把日期告訴這個文郎叔，算是下了訂，所以不管是不是農忙季節，這個文郎叔從來不曾誤了隆師父的戲約。

演戲的行頭全放在一間倉庫裡，這間倉庫獨立在大厝之外，是最大的一個空間。隆師父是個很有條理的人，他把所有的用具都根據用途和大小輕重分別放置，所以搬運上車的順序幾乎是固定的，也因為如此，戲團裡的每個團員和開三輪車的文郎叔都能幫上手。

阿樂和阿寶也會！只是兩人個頭小，往往得先站在一旁看著、等著，等到戲台底板、撐高用的鐵架、裝著戲偶和服飾的戲箱、戲棚組件以及音箱這些長的、重的、寬的、大的全被抬上車之後，阿樂和阿寶才會開始像競賽似地搶著拿些小配件，譬如擴音小喇叭、板凳等等……還有茶壺！

等到把所有東西堆堆又疊疊、捆捆又綁綁之後，隆師父和隆師娘分別坐上三輪車駕駛座左右兩邊的座位，阿樂和阿寶則爬進後面那些行頭裡面，在靠近車頭這邊找個平穩的位置坐下並且抓穩。

「坐好！要出發了！」隆師父回頭對兩人喊道。

「喔！」阿寶和阿寶各自找了穩固的大箱子倚靠，身體卻還是跟著「砰！砰！砰！」的引擎聲晃動著。

其餘的團員，也各自騎著腳踏車和摩托車跟著出發。

這一趟只是到隔壁村，不遠，一點都不好玩！因為阿樂更希望戲團可以到遠一點的地方去，最好到大城市裡去，看熱鬧的市街和新奇的東西；不然也可以過條長長的大橋，到阿樂或阿寶的村裡去，那麼，鄰居們就會跑過來看他們，用著羨慕和佩服的口吻問他們今天要演什麼，那麼，他們的家人可能就會在晚上的時候邀請隆師父去他家坐坐或者吃飯……

「一下子就到了……」阿寶懶洋洋地開口。

「是啊……」阿樂有氣無力地回答。

「我跟你講！」阿寶突然振奮起來，「聽我阿爸說，我們村裡的新廟快蓋好了，他們要找師父去演戲喔！」

真的？那就是要「開廟門」囉！阿樂一想，眼神也跟著明亮起來。

「到時候一定很熱鬧！」阿樂忍不住興奮地說。

「對啊！對啊！」阿寶又笑成一張沒有眼睛的臉，阿樂可以理解那份期待與雀躍，是啊，他跟阿寶多久沒回家了？

「阿寶，你很想家啊？」

「也不是啦……」阿寶說得吞吞吐吐的。

「唉呀……想就說想嘛！我又不會笑你……」阿樂故意逗阿寶。

「是啦是啦！」阿寶吐著舌頭做鬼臉。「我好想家好想家好想家……」

這個阿寶又開始耍寶！

「那你可以跟師父說，讓你回家睡一個晚上啊……」

「我才不要！」阿寶又正經起來。

「為什麼？」阿樂追問。

「唉呀！我跟我阿爸有打賭啦！」

「打賭？」

「對啦！我跟我阿爸打賭，一年內絕對不會哭著回家！」

阿寶啊阿寶！阿樂心裡想，這個平常嘻嘻哈哈又不太愛做事的阿寶，這時候看起來還挺有志氣的嘛，一年多了，是真的從沒看他哭哭啼啼說想家的！

「那你贏囉！」阿樂用指頭鑽進阿寶的胳肢窩搔癢。

「哈……哈……還不算……」阿寶扭動著身體想要閃躲，「我自己跟自己打賭，學會才可以回家！」

「啊？那要很久很久耶……」

這真叫阿樂啞口無言，想不到凡事懶散的阿寶這麼逞強，比起自己來，雖然自己沒跟阿爸打賭，但是阿樂自己心裡有數，當初是自己要來學戲的，無論如何不能哭著回家！只是阿樂沒想到，學戲不是只有把戲偶撐在掌上演一個故事而已……

三輪車停了下來，林桑的家到啦？阿寶和阿樂探頭張望，可是引擎聲仍響著，還沒到，原來啊，要到林桑家的大埕還得穿越一條小路，可是三輪車進不去！

「阿樂！阿寶！你們先下來！」隆師父喊著兩人，騎車的團員先騎進小路去，不一會兒又都走路出來。

「開始搬！」隆師父一聲令下，跟著便是一場吃力的搬運，長的、

厚的、重的、大的、布景、彩燈、音箱、電纜線……每一件都要從小路抬進去，所有人就好像螞蟻一般，一個接一個、一件接一件，讓搭戲台的工作多花了兩倍以上的時間。

「好累啊！」阿寶總是先喊累，雖然他並沒有搬什麼重的東西，但光是來來回回地走，就叫他累得不知道應該開口喘還是閉口喘！

「沒……辦……法……啦……」阿樂講起話也上氣不接下氣的。

可是工作還得繼續做！搬運告一段落了，緊接著就要搭戲台，不過暫時沒有阿樂和阿寶的事兒，兩人便蹲在地上望著工作進行。

戲台底座立了九個鐵架，又重又穩，當然是要保證整個戲台的平穩，接著鋪上厚實的長木條，做為活動平台，但是要預留縫隙，讓鐵架中間的圓洞露出來以便插入長竹竿，這些竹竿的頂部各裝置一個滑輪，一條長長的繩子垂落下來，正好穿入帆布片上的鉤環，只要兩個人同時拉動繩子，就可以將帆布升掛上去。然後在四個角落的竹竿之間綁上幾根橫向的竹竿，帆布一掩下便形成後台。

「阿樂、阿寶換你們了！」隆師父一邊忙自己的，一邊指揮徒弟們。

「喔！」阿寶和阿樂同聲回應，立刻彈起身體，很快就幹起活兒來。

他們倆的工作是拼接布景片。這些布景片在收拾的時候疊成像屏風一樣，所以打開的時候按反方向順序拉開就好。

「阿寶，來！把它立起來！」阿樂熟練地指揮阿寶。

「再把它拉開，小心點！」阿樂和阿寶各拉著布景片的兩端，「好，你別動……」阿樂轉身探出手去工具箱掏了一包鐵絲條，那是要把布景片固定住的。

「阿寶，你先扶好喔……」阿樂按照隆師父寫在布景片上的編號，把框架邊上「凹」形和「凸」形金屬片套合在一起，然後用帶鉤的粗鐵條穿進凹凸中間的插鞘孔，就可以將兩塊布景片撐開變成一大片布景。

「好，接下來換你做！」阿樂儼然變成小師父了。

「師兄，你做啦……我扶著就好了……」這個阿寶又想偷懶！

「等一下我告訴師父喔……」阿樂知道只要搬出這一招，絕對有用！

接下來，要給戲偶架上三層表演台。

「阿寶，來，一起抬高！」阿樂和阿寶得把三塊長木板架在布景框的橫木條上，最上面一層是給幕前的戲偶活動的舞台；下一層放預備出場的戲偶，最下層則是給那些需要變裝或者已經「死掉」的戲偶躺的！

剩下的工作又是大人的事兒了，要爬高、要拉電線、要掛彩燈的，全不用阿樂和阿寶插手，所以兩人踱到戲台前面去欣賞布景。

「師兄啊，為什麼布景要用這種黃黃亮亮的綠色啊？」這個阿寶就是不愛動腦筋。

「很簡單啊！這樣才夠亮啊！」阿樂半開玩笑地回答，其實也對，因為晚場要演的是金光戲嘛，為了製造恐怖、緊張的氣氛，得把燈光打暗的。「其實那是用螢光漆塗色的……」阿樂再說清楚一些。

「隆……興……閣……」阿寶唸著戲團的名稱、地址、電話和以及主演的姓名。「咦！旁邊有兩條青龍攀在柱子上耶……好像廟門口那個樣子……」

「是啊，你現在才看到！」阿樂弓起食指在阿寶的腦門敲一下，「你喔，眼睛不知道用來幹什麼的……」

「助演！」阿寶忽然眼睛一亮，咧開嘴笑著問道：「師兄啊，你說明年師父會不會把你的名字寫在布景上啊？」

「我的名字？」阿樂知道阿寶的意思，那代表阿樂有資格成為一個布袋戲人，阿樂心裡雖然很希望是那樣，卻是沒信心地回答：「大概還不會吧……」

「還不會喔？」阿寶也跟著失望，「那要等到什麼時候啊？你都還不行，那我怎麼辦……」阿寶竟然開始自言自語，望著布景失了神。

助演，是隆師父的副手，碰上角色多的時候，一人一邊同時操作戲偶，讓四個戲偶一起說故事；有的時候，隆師父只負責口白，全讓助演一個人來，算是準備當「主演」的考驗。

而主演，就像隆師父，得要有本事一邊講口白一邊操作，還不時回頭掌控後台的配合動作，甚至指揮如何處理突發狀況……

「啊……別想那麼多！」阿樂拍拍阿寶的肩膀，「先學會再說！」

「好啦好啦……」阿寶回過神來，仍舊盯著戲台看。

「師兄，戲台幹嘛搭那麼高啊？」

「嘿，奇怪喔！你怎麼會問這個笨問題啊！」阿樂忍不住又敲了阿寶的頭。

「不是嘛，你看戲台這麼高，我很難爬上去嘛！」阿寶委屈地說，「還有啊，戲偶站的舞台也是，都那麼高！你看！我這樣都搆不到！」

阿寶將兩隻手臂舉高，還踮起腳尖。

「誰叫你長得矮！」阿樂取笑他。

「才不是矮，我還沒長高！」阿寶憤慨地說，「早知道，我長大以後再來學就好了！」

咦？阿樂突然被阿寶的話點醒，對啊！長大以後再來學是不是就簡單一些？

「唉呀，等你長大，隆師父就老囉！」阿樂笑著解釋。

當上助演，阿樂覺得自己應該可以做得到，至於「主演」呢，那簡直遙不可及！但是阿樂總忍不住幻想自己站在隆師父的位置上操作戲偶，嘴巴抵住麥克風，說著不同聲調的對白，一會兒是文雅的書生語氣，一會兒是撒嬌的女聲，一會兒說著老臣的憂慮，一會兒扮武林梟雄的狂笑，把武林中發生的故事都搬到這個戲台上！

「師父真的很厲害！我一定要像他一樣……」阿寶又出了神叨唸。

阿樂當然也是佩服隆師父的，光是一站上戲台的那份風采，任誰都比不上！

隆師父演戲有個特別姿勢，他的身體習慣靠在三層長長平台的中間位置，左右手隨便一伸都能抓到應該出場的戲偶，不忙不亂，好像一隻不用移動的大章魚，要什麼，什麼就得遞到他手上，所以在底下張羅的人也得手腳俐落些，不然啊，收戲的時候，隆師父的臉色就會很難看！

「阿樂、阿寶上來幫忙！」是隆師父在叫了，阿樂和阿寶趕緊繞到戲台後方，攀上階梯，得幫隆師父打點戲偶了！

幾個裝戲偶的大箱子都掀了蓋，隆師父把戲偶的服飾整理又整理，該拿的劍、該拿的刀都安插好。

「這個放在最上層，記得要把腳翹上去！」隆師父提醒著。

阿樂知道該怎麼做，他把戲偶前面的衣服掀開，露出空頸子來，好讓隆師父一伸手就能將指頭插入戲偶的頭部，在很快的時間內撐起戲偶的身體帶到幕前亮相。

「阿寶！去跟雇主要一壺茶來……」隆師父對阿寶說。

「喔……」阿寶應了聲就往台下跳！

「還跳！」隆師父喝斥一句，其實並沒有生氣。阿樂可以理解，阿寶還小嘛，跟出來演戲真像是出來玩一樣……

「師父！今天要接下去演對不對？」阿樂問著，因為阿樂知道隆師父習慣在同一個村子演同一齣戲碼，這樣觀眾才會想來看而且看得津津有味。

「對！就從『武林風波起』那一段開始……」隆師父點頭說道。

阿樂的腦海迅速重播上一回演過的劇情，所以很快就找到接續的開場戲，這也是慢慢練出來的本事，不這樣，怎能當師父的副手呢，未來怎能升上「助演」呢！

阿樂越想越滿意自己的能耐，做起事來也越加勤快……

9 絢爛的夜

這個晚上只有吃雜煮湯飯，是雇主準備的。

「只有吃這樣喔……」阿寶一邊吃得唏哩呼嚕，一邊嘟噥嘟噥抱怨。

「有得吃就好！」隆師父嚴厲糾正阿寶，「演戲這一行，會遇到各種雇主，有的大方、有的吝嗇，不能要求太多！」

「你不知道喔……下午我去跟他們要茶水的時候，他們只給半壺而已！」阿寶顯得有些生氣。

「哈！哈！」阿樂把嘴裡的湯飯噴了出來，他抹了一下嘴卻仍然笑著說：「拜託！人家是看你個子小，怕你提不動好不好！」

「是嗎？」阿寶抓抓頭，「可是我有跟他講，給我『一壺』茶啊！」阿寶依然堅持是雇主小器。

「好啦！趕快吃！吃完把碗筷還給雇主！」隆師父催著徒弟倆。

鄉下的宴客通常選在中午，客氣的主人會特地留下一桌酒菜款待戲團，所以晚上那一頓，就常常只是一大鍋雜煮的湯飯，甚至是中午的「菜尾」。

等大夥兒都吃飽之後，阿樂把碗筷全放進大鍋裡，找了阿寶一塊兒提回去還給雇主。

「不好意思啊……」阿樂客氣地說，「謝謝您的款待，師父要我來問一下……」

「師兄！」阿寶忽然扯著阿樂的衣角叫著，阿樂急忙將他的手撥開，偏頭瞪了他一眼。

「不好意思！」阿樂又專注地看著雇主，「師父要我來問一下……」

「師兄！師兄！」阿寶一手壓著肚子一手更用力扯拉阿樂的衣角喊

著。

「你到底在做什麼啦！」阿樂狠狠地罵了一句，「你沒看到我在跟人家講話啊！重要的事情耶！」

「師兄，我肚子痛！我想大便！」阿寶已經憋出一張變形的臉。

阿樂趕忙轉身跟主人說：「不好意思……廁所可以借用一下嗎？我師弟肚子痛，要趕快解決一下！」

「好！直走進去，最後面就是了……」雇主很爽快地答應而且客氣地給了指引。

「你趕快去！」阿樂催著阿寶，然後又連忙跟主人說：「謝謝！謝謝！」

「喔，對了，差點忘記！師父要我來問幾點開演比較好？」

原來是隆師父交代阿樂去問開演的時間！

問明開演時間之後，阿樂就站在雇主屋子外面等著阿寶。

「你喔，真是的！每次都這樣，吃一堆拉一堆！」一見到阿寶出

來，阿樂劈頭就罵。

「沒辦法嘛……」阿寶神態輕鬆卻又委屈地說。

「算你運氣好！這個雇主肯借，不然你就得去蹲路邊草叢！」阿樂就是要趁機教訓阿寶，不然他老是一副出門遊玩的樣子！

「好啦，趕快回戲台去！要準備開演了！」

阿樂才一個轉身，阿寶果然還是輕鬆地蹦蹦跳跳，一路跳回戲台去……

戲台已經串滿燈光，音樂聲也響起，這是通知附近居民的信號，意思是說：戲要開演了，看戲的人趕快出門！果真，不一會兒，大大小小的觀眾慢慢走近戲台，小孩子還自己帶了矮板凳。

阿樂心裡依舊緊張，雖然已經跟著出團無數次了，每次開演都還是會手心冒汗，就怕有突發狀況！

「唉！喔！麥克風試驗！呼！呼！」隆師父正在進行擴音測試。

阿樂也同步進行燈光測試，他的左腳邊放著一大塊木板，上面固定了兩排拉把式開關，用來控制懸吊於戲台上方各個位置的燈泡，阿樂一拉一提地開開關關，再一次確認相應位置與燈光顏色。

阿樂操作電光台已經駕輕就熟，所以隆師父又把這項控制彩燈的工作派給他。

「師兄，你看！」阿寶轉動著跑布景片，嘻嘻哈哈地，他也正在進行測試！

「別玩！」阿樂出聲喝止，也使了一個眼色，教他知道師父就在旁邊！因為有事做，阿寶顯得格外賣力，他負責轉動跑布景片。這是將一塊布景片繞在一個扁圓形輪盤上，轉軸部分加上把手，阿寶必須搖動轉軸把手，讓那一圈布景快速轉圈。

所有測試已經結束，戲要開演！

隆師父一開始就耍個特技，左手丟出一個戲偶從「半山」布景片後面飛了上來，再伸出右手一接！一個武林高手就這樣上台亮相！

「師兄，你看！師父真是厲害！」阿寶在一旁驚嘆地說。

「那當然，你專心點！等一下可能要換你表現了！」阿樂提醒著。

果然，不一會兒師父就轉頭對阿寶打了手勢，麥克風裡傳出：

「本大俠準備施展神功，趕往武當山……」

「轉！」阿樂也幫忙提醒阿寶，阿寶反應還算快，很快就讓布景片跑動起來，隆師父掌中戲偶的身體上上下下又搖搖晃晃，戲台前的觀眾就會看到武林高手快奔的景象。

「來到這個地方，感覺非常陰寒……」麥克風裡說著劇情。

阿樂趕緊將燈光打暗！

「來者何人，報上名來！」麥克風繼續說劇情。

「你這個妖道！還不快快就擒……」

「沒這麼簡單！看招！」

阿樂趕忙順著劇情敲出一個「鐵拳」的威力電光。

「你執迷不悟，我饒不得你！」

於是戲台上展開一場廝殺……

後台裡，阿樂的眼睛緊緊盯住兩個戲偶的動作，你一拳，砰！我一掌！砰！拳腳往來之際，殺氣騰騰，火藥味瀰漫，阿樂兩隻手同時也一來一往，一手倒炮粉，一手敲電光！

這場廝殺的威力驚人，頓時飛沙走石，鳥獸走避，草木遭殃，天地混沌，於是阿樂一個勁兒地將燈光忽開忽關、忽開忽關，恍如天地變色一般！

突然，「啪、啪」兩聲，整個舞台陷入黑暗！但這不是阿樂製造的效果，是保險絲斷了！

「師父！師父！保險絲斷了！」阿樂驚慌地叫喊隆師父，哪裡知道隆師父不過點點頭又歪歪頭！

阿樂卻看懂了，那個意思是：「知道了！你去想辦法！」

阿樂只得趕緊放下手邊的一切，起身跑到戲台左邊的工具箱裡翻找保險絲，同時間隆師父已經將戲台上的氣氛轉入死氣沉沉，黑暗正好演繹未明的情況，此時燈滅就沒有露出破綻。

但阿樂的手指還在混戰，慌張一半鎮靜一半，倒是阿寶動也不動，因為他也不知道能幫什麼忙，甚至不知道應該怎麼辦，就只是愣在那兒看！

燈是戲團在夜裡的迷人裝扮，各種顏色的彩燈還是「金光戲」的靈魂，阿樂當然知道，所以他同時還必須想一想：「保險絲為什麼會斷？」

戲團所需的用電由雇主家供應，用一條延長線接出來，經過變電箱，又從另一條電源線拉給戲台上的插頭和開關。

「先前不是都檢查過了嗎？」阿樂心裡雖然懊惱地嘟嚷，也只能趕緊搶修，萬萬不能誤了正在上演的故事。

「接好了！」阿樂跟隆師父報告，隆師父仍是點點頭表示知情，但是銳利的眼光裡有一份肯定與讚賞，這讓阿樂覺得自己又過了一關！

說到過關，阿樂根本不知道必須過幾關才能學得隆師父的一半，

至於「出師」，他可是想都不敢想！

再說過關呀，最起碼得過了農曆七月那一關！

農曆七月本是諸事不宜的月份，因為少有神明生日或嫁娶喜事，但是諸事禁忌的七月反而是戲團另一個賺錢的旺季，演出的次數不會比一般吉祥月少。

阿樂抬頭望著隆師父記錄戲約的小黑板，心頭陣陣發涼，「救命呀，七月要演這麼多天啊……」阿樂心裡頭是百般不願卻是由不得他！

還是得出團去演戲，可是觀眾都是住在墓地裡的「好兄弟」耶……

「阿樂，去請祖師……」隆師父話還沒講完，阿樂就迫不及待跑向大厝的大廳，三兩下就點了一炷香，朝著神桌上的西秦王爺一拜再拜！

每次出團之前，照例隆師父要向祖師爺神像燒香，拜請祖師爺移駕坐上神位牌，跟著戲團一起出巡，也算是坐鎮戲台，護佑戲團一切順利。所以每次七月普渡的演出，阿樂真巴不得將祖師爺神位牌抱在身上，最好能一刻不離！可是隆師父總在戲台搭好後立刻就請上西秦王爺來鎮台。

「阿樂，趕快把祖師爺請上台！」

「好……」阿樂沒氣地回應。

阿樂將祖師爺的神位牌掛在戲台右邊的布景框架上，然後點了一炷香，先朝外面的天地拜了拜，再朝著神位牌拜了拜，嘴裡唸唸有詞，最後將線香插入掛在一旁的葫蘆形小香爐裡面。

「師兄，你嘴巴在唸什麼啊？」一旁的阿寶開口問道，「那麼長一串！」

「小孩子，你不懂的！」阿樂懶得解釋。

「什麼我是小孩子！你才大我幾歲啊……」阿寶不服氣。

「反正就是保佑大家平安沒事啦！」

「我看你是害怕吧……」阿寶乾脆講白了！

「怕什麼？」

「怕鬼啊！」

「呸！呸！呸！哪裡有那種『東西』！」阿樂朝戲台邊連吐了三口口水！

「既然沒看過，你幹嘛那麼緊張？」阿寶又說。

「你喔！」阿樂用食指戳向阿寶的額頭，「你就是有一顆蠢膽！誰都怕你好不好？」阿樂沒好氣地說，「總之，有人說看過就是有！」

一般廟裡的普渡，阿樂還可以臨時拜拜廟裡的神明來壯膽，最怕的，就是來這種墳堆邊的萬應公廟了！更糟糕的是，戲台還搭在人家「好兄弟」的門口！

一條電源線從萬應公廟拉到戲台，站在戲台上放眼四望，周邊都是黑漆漆的！阿樂既不敢亂看可又東張西望，深怕風吹草動之後，就會閃出個什麼「東西」來！

「不用怕嘛……有祖師爺保護我們！」阿寶指著神位牌說。

「我不怕！我不怕！」其實阿樂心裡早怕得身體發冷，身體一發冷就有尿意，可是他哪裡敢下台去小解呢！只好縮緊肚子憋著，又將雙腳夾緊，打算把那尿意慢慢逼退。

「師兄，你想尿尿啊？」

「這個死阿寶！」阿樂心裡咒罵著。「講這麼大聲！還給師父聽見……」

「趕快去啊！」隆師父說話了。

「可是……」阿樂吞吞吐吐，「我不敢……」

「有什麼不敢的！快去快回，要上戲了！」

隆師父這算是命令，阿樂不敢不從，只好百般猶豫地起身，雙腿一邊夾緊一邊移動。

「找對位置，別在人家門口啊！」隆師父提醒著。

「師兄啊，要尿以前先拜一拜啊……」阿寶又大聲嚷嚷。

「好啦好啦！」阿樂心想，實在很沒面子！他們一定在背後取笑我

的！算了，愛笑就笑吧……

一走到戲台下，阿樂就全身顫抖，不知道是夜露冷還是尿要崩堤，阿樂摸摸索索找位置，想要趕快解決，正要拉開拉鏈時，突然感覺背後一陣風掃過，一股刺冷隨即鑽入背脊，身軀頓時僵住，無法繼續下一個動作。

「怎麼辦？」阿樂心裡又急又怕。

「啊！不管了……吼！」阿樂閉著眼轉身縱跳，學著大俠握拳屈臂擺出抗敵的招式。

「師兄！你幹嘛！」

原來是阿寶！

「差點被你嚇死！」阿樂拍拍胸脯，「你來幹嘛？」

「因為我也想尿尿……」

「好啦，快點！你朝那邊，我朝這邊……」

阿樂當然寧願不去打擾那些「好兄弟」，所以有一次他便「就近」

鑽到戲台下解決！

沒想到被隆師父臭罵一頓：「哪隻夠會在自己家門口尿尿的！」狗？師父把我說成狗？阿樂覺得好嘔，可是有什麼辦法？墓地裡哪有廁所嘛，師父自己還不是這樣！

所以阿樂出門前都不太喝水的，只有那個不知事態輕重的阿寶，照樣吃吃喝喝，結果到了關鍵時刻就想解便！

「唉喲！師兄你陪我去嘛……」阿寶懇求著。

阿樂知道，這次絕對、絕對不能鑽到戲台底下的，不然風一吹，隆師父肯定會聞到那味道……都怪阿寶亂吃！

「好吧……快走！」

這一回，阿樂學聰明了，他帶了一支手電筒！

兩人小心翼翼地左拐右彎，深怕踩進「好兄弟」地盤。反倒是阿寶顧不得別的，急急忙忙找個位置就蹲下，「嗯嗯啊啊」地忙著……

「啊……」阿寶發出舒暢的嘆息，就在他想要伸展四肢的時候，眼

前閃亮一點光！

「唉……喲……」阿寶不禁全身起了雞皮疙瘩，「師……師……兄……你……你……看！」連聲音也打顫！

阿樂順著阿寶指的方向看去，「有光！」

「那……那……是……鬼……鬼……火……嗎？」阿寶縮在阿樂身後，牙齒喀啦喀啦敲著。

「不是！應該不是！聽人家說那種火是綠色的，可是前面那個光是黃色的！」其實阿樂也不太確定……

「回……去……趕……快……回……去……」

「等一下啦！」阿樂竟然還不想走，「我們有手電筒，不用怕！」

仗著手電筒的光，阿樂和阿寶一步一步前進，那一點小小的閃光竟然越變越大！同時，黑暗中的蟲鳴聲漸漸變小，人聲竟然越來越響亮！

「唉呀！有人在那裡啦……」阿寶這會兒可敢挺出身子，站到阿樂前面說話了。

「噓！先別出聲！」阿樂機警地滅掉手上的光，「噓！說不定是壞人……」阿樂立即蹲低身子同時伸手把阿寶拉下來。

一、二、三……阿樂瞪大眼睛仔細數著，三個人在那裡喝酒！有沒有沒搞錯啊？阿樂簡直不敢相信！這麼晚了，竟然有人跑到墳墓堆裡喝酒！

「師兄，回去了啦！不然等一下被師父罵……」

「誰？誰在那裡？」是那邊出聲嚷了。

阿樂和阿寶只好起身，阿樂還把手電筒打亮，一道光直射那邊。

「給我走過來！」那邊又大嚷。

幾個人打了照面，這才消弭了彼此的緊張，原來那三人是造墓工，剛吃過便當，順便喝喝酒，打算趁著夜涼趕一趕，不想給大太陽曬得全身發燙！

幾個人白白被對方嚇了一場，沒什麼交談，阿樂和阿寶只好離

開，回頭朝著戲台這邊走來。

兩人遠遠就看見隆師父雙手插腰站在戲台上！阿寶和阿樂哪裡敢出聲，只是頭低低慢慢爬上戲台……

「你們倆在幹什麼！去這麼久！」

「我們看到……嗯……有那個亮亮的……嗯……」阿寶支支吾吾地說不清楚。

阿樂只好趕緊解釋：「師父，那邊有人在造墓啦，三個人！」

「喔，人家在做功德，我們也要照規矩來……好，準備上戲了！」隆師父向來很有原則，每一場戲都要準備周延，即使在墓地，沒有什麼「人」來看戲，隆師父一樣把戲演得很精彩。

其實只要一開戲，阿樂就會專心注意隆師父的一舉一動，準備隨時呼應，別的就沒再想，心裡自然忘了驚惶，大概只有等到戲台拆了、燈熄了，準備回家的時候，周圍的黑暗又罩在阿樂頭上，才又讓他的頭不自主地東轉西轉……

10 讀劇本

在戲團裡，阿樂最怕的人是隆師父，這可是不用再說的，隆師父的書桌則是他最不敢靠近的地方，因為啊，隆師父的書桌上擺著一堆書，都是些什麼傳呀、什麼記的，每一本都是厚厚的，阿樂根本不想也不敢去翻，更別說去讀那些密密麻麻的字了……

阿樂不是沒讀過書，也大概知道那些故事，可是阿樂壓根兒沒想到，學布袋戲還得學讀劇本！

讀劇本，這對阿來樂說，比任何需要動手動腳的活兒都難！可不是嗎，戲團的大小雜事到了阿樂手裡，一回生二回熟，第三回呀，可就得心應手了。唯獨讀劇本，阿樂是怎麼努力都做不來。

「阿樂！把後天要演的劇本拿去看看……」隆師父又交給阿樂一本冊子，就是要他非讀不可！

「師父，你講給我聽就好了……我會記住的……」阿樂真不想看劇本，雖然他很努力地把兩眼兒對上字眼兒，腦袋就是不想去解讀！

「不讀劇本怎麼演戲呀！」

「唉呀……又要讀劇本了……」阿樂唉聲嘆氣，把劇本捲著捏在手心上。

就是不愛唸書才來拜師嘛，哪裡知道跟著隆師父學戲還是得讀書！阿樂心裡覺得有點嘔，可是這跟學校不一樣，沒讀劇本就不能演戲，只懂得操作戲偶可不能算是會演布袋戲呀！

「讀就讀吧……」阿樂努力撐開眼皮，讓兩顆圓溜溜的眼珠子跟著書上的小字移動……

「還偷懶！」隆師父敲了阿樂的腦門。

「師父啊……」阿樂近似呻吟又近似哀求地說，「不是我不讀……

這些字都跑給我追嘛！每次我的眼睛看到一個字，那個字就會自己溜掉嘛，所以一個句子怎麼讀都讀不完啦……」

「瞎說！」隆師父大聲斥責。

「別騙我不懂，就知道你偷懶！」隆師父又朝阿樂的頭敲了一下。

「你這把戲我早用過……」隆師父突然閉嘴！

阿樂耳朵倒是機靈，聽出些玄機來，立刻接口問道：「用過？」

阿樂露出狡黠的眼光，「師父你是說……你也會偷懶啊……」阿樂抿著嘴在心裡偷笑……

隆師父不但要阿樂熟讀劇本，他自己也花了很多時間在劇本上，甚至還在空白處寫寫畫畫！所以阿樂好奇地問：「師父，你在名字旁邊畫線是什麼意思啊。」

「改寫劇本啊。」隆師父回答。

改寫劇本？這倒是阿樂沒想到的，畢竟他連原始的劇本都還沒看

完呢！

「怎麼改啊？」阿樂再問。

「最簡單的一種，就是換名字！」隆師父翻了幾頁給阿樂看，「你看，這些都是！我把主角的名字都改了……」

「喔……」阿樂心想，這倒也不難……

「師父，那原來的劇本是怎麼來的？」阿樂問道。

「有我師父傳下的、有買來的，但是多半是我自己編的。」隆師父回答。

阿樂再仔細翻了一下，發現裡面果真有不同顏色的筆跡，有黑色、藍色、紅色的，大都是人物角色的名字。

「師父，這樣不會搞亂喔……」阿樂越看越覺得不簡單。

「不會……你就紅的找紅的、藍的找藍的配著看就對啦……」隆師父說出訣竅。

「喔，原來是這樣……那我懂了！」阿樂頓時覺得劇本可親多了，

於是壯起膽細看眼前的幾本書。

「戰國春秋、兒女英雄傳、西遊記、水滸傳……」阿樂低頭湊近眼睛讀著書名。隆師父則隨手抽了其中一本出來，翻到某一頁，指著其中的文字給阿樂看。

「你看，我剛看的劇本有一些情節跟這裡很像。」隆師父說。

「師父，你在學校的功課一定很棒喔，不然這些書你怎麼都看得懂……」阿樂一臉羨慕地說。

「沒有……我甚至小學都沒有畢業呢……」

隆師父？小學沒畢業？這該不會是故意要騙我阿樂的吧！我阿樂還國小畢業呢，我可看不懂呀！

「是啊，以前沒錢唸書，只好讀到三年級就回來種田……」

「師父，你才讀了三年的小學都就看得懂這些書啊？」阿樂還是不相信！

「多看幾遍就會懂……」隆師父打算傳授一下訣竅，「而且要有方法！」

「什麼方法？」

「你先看劇本這邊，有什麼發現嗎？」

阿樂低頭、抬頭又搖頭。

「你看喔，劇本這邊怎麼寫，」隆師父指給阿樂看，「人名、口白、人名、口白，然後旁邊一行寫著發生什麼事情……」

阿樂還是聽不懂……

「所以啊，你在看這些英雄傳記的時候，就可以自己拿紙筆照著劇本那個樣子記下來，什麼故事你都能改編成劇本……」

「啊，這好像在準備考試……」阿樂哪裡肯這樣做，以前考試就沒這樣嘛……但是在隆師父面前可不能明講！

「也算啦，不然你以為演布袋戲很簡單……」隆師父朝阿樂的額頭拍了一下，「樣樣要學啦……」一定要會看劇本，不然當不上主演！

這對阿樂來說簡直是青天霹靂！

11 扮仙戲

阿寶村裡剛蓋好的公廟要開廟門，村裡的「爐主」們雇請隆師父的戲團，也就是說，阿寶可以順道回家一趟。

這一天終於到來了！

阿寶一個早上就特別殷勤，這個幫、那個也幫，阿樂心底有一點點嫉妒，但是也替阿寶高興，一年多了，當然想回家去看看！如果可以，他也想……

「阿寶啊，你想帶什麼東西回去呢？」隆師娘問起。

「什麼『什麼東西』啊？」阿寶反問。

「就是帶回去孝敬你阿爸和阿母的！」阿樂解釋給他聽。

「是啊，想想看，看你阿爸阿母喜歡吃什麼，我去幫你準備……」隆師娘看著阿寶。

「不知道耶，我阿爸跟阿母從來沒說他們喜歡吃什麼啊……」阿寶傻愣愣地說。

對喔，我阿爸和阿母也沒跟我講過喔，阿樂心裡想……

「不然這樣好了，家裡有一串香腸和一對烏魚子，你就帶這些回家好了！」原來隆師娘已經早有準備！

「嗯……」一聽到好吃的，阿寶的眼睛就變亮！

「喂，那不是給你吃的，是要給你阿爸、阿母的……」阿樂取笑他。

「對喔……」阿寶不好意思地笑了笑。

「上車囉……」隆師父已經坐上三輪車了。

阿寶和阿樂趕緊爬進三輪車後面的行頭堆裡，各自找了安穩的位置坐好。

「阿寶啊，師娘對你真好耶……」阿樂羨慕地說。

「是啊！」

「下次我回家的時候，也要帶香腸和烏魚子……」阿樂開始盤算著，「而且是兩串香腸、兩對烏魚子！」

「嘿，師兄……」阿寶嘟起嘴，「你很貪心喔……」

「因為我家人比較多啊！你看，我比你多一個妹妹，而且還有我阿嬤啊……」

「好啦！好啦！反正我都吃不到！」阿寶就是懊惱沒口福！

就這麼碰碰嗆嗆地，三輪車唱著歌，阿寶心裡也唱著歌，慢慢朝著家鄉前進……

三輪車已經慢慢駛進阿寶的村子，「撲、撲、撲」的引擎聲好像阿寶的心跳，阿寶怎麼也坐不安穩，身體隨著車子搖搖晃晃抖動著。

「你看！你看！師兄，我家在那裡！」

順著阿寶手指的方向，阿樂看到一間紅磚屋，跟自己的家差不多。

「阿母！阿母！」阿寶又喊又叫，興奮地起身搭住三輪車欄架，「師兄，你看，我阿母在那裡！」阿寶朝著紅磚屋子那邊一直揮手一直揮手……

「小心一點！不要掉下去啦……」阿樂趕緊揪住阿寶的衣角，「別急啦！等一下你阿母一定會來看你的……」

開廟門，得演上很多段的「扮仙戲」，隆師父說，通常是演「醉八仙」和「三仙」。醉八仙說的是八位神仙到瑤池向瑤池金母祝壽，瑤池金母設宴款待八仙，因為八位神仙喝醉了，所以才有這一段「醉八仙」。

「阿寶，你來演！」

阿寶嚇了一跳，心想：師父竟然叫我演！

「看清楚了，」隆師父還是不忘叮嚀，「這是漢鍾離、張果老、呂洞賓、李鐵拐，這是曹國舅、何仙姑、藍采禾、韓湘子，記住了沒？」

阿寶猛點頭，沒說話，兩隻手倒是已經開始動作了。

「還有，這是瑤池金母以及金童、玉女，出場順序要對喔……」

「喔！」

阿樂看到阿寶興奮得說不出話來，甚至還變得傻傻呆呆的！但是阿樂知道，阿寶不是真呆，只是興奮過頭了！那種感覺啊，阿樂可以體會，因為當初隆師父讓自己演第一齣「扮仙戲」的時候，自己就是這個樣子！

更何況，是在自己的村裡呢！隆師父顯然是故意讓阿寶來演的。

「好好演喔！」阿樂鼓勵阿寶，「說不定等一下你阿母會過來看你演戲喔……」

阿寶一聽，臉上露出快樂的微笑，結果出人意料地，他演得還挺好的！

說好倒也不是，在阿樂看來，「扮仙戲」並不能算是真正的布袋戲，因為那只是讓戲偶站上戲台而已，什麼操作技巧都沒用上，不

過，那也算是一個關卡，所以阿寶能有那樣的表現，表示他進步了！

阿樂也在進步！這個下午，隆師父叫他去當助演的助演！意思是：午場的「古路戲」就由助演和他兩個人來演！

在廟裡演戲，午場多半演些「古路戲」，這些戲碼的題材來自於野史或民間傳說，內容講的是一些忠孝節義之士的事蹟，譬如盡忠報國的岳飛、孫臏鬥龐涓、薛平貴征東、廖添丁的故事等等。

雖然這些故事是阿樂早已熟稔的，那些拗口的、文謅謅的對白卻叫阿樂十分頭痛！幸好阿樂還不用開口，只須操作戲偶就行，但是阿樂不禁又開始夢想布景上寫著「助演：阿樂」了……

12 拚戲

開廟門是整個村子的大事！是件大喜事！總得慶祝個幾天幾夜，加上阿寶村裡這個廟埕算是挺大的，所以同時請來了兩團歌仔戲、兩團布袋戲，非常熱鬧！

觀眾就是愛看熱鬧！可是對於戲團來說，這樣的熱鬧場面卻是一場硬仗。戲團之間得「拚戲」，為的是搶觀眾！搶觀眾也就等於拚技藝、搶名聲，有的時候，也等於搶賞金！

經驗老到的隆師父，早在訂戲的時候就知道了，也就是說，隆師父是有備而來！

「師父，歌仔戲要準備開演了！」阿樂急忙跑到後台報告隆師父。

「好，你上來！我們比他們快一步！」隆師父也已經做好上戲的準備。

隆師娘隨即把音樂放送出去，阿樂耳邊突然被「轟、轟」包圍！是啊，戲台前方的左右兩邊，各放了跟阿樂一般高的長方形音箱，這就是今晚拚戲的第一項武器！

聽到那樣「轟、轟」的重低音，阿樂心裡頓時放心不少，夠大聲了吧！

「阿樂，專心一點！等一下炮粉放多一點！」隆師父提醒著。

「好！」阿樂點點頭，轉頭看了腳邊的炮粉，是比平常多了兩罐！

拚戲開始了，隆師父給阿樂一個信號，阿樂使勁兒拿起鐵鎚一敲，剎那間爆炸聲震耳、煙硝瀰漫……

「哇……哈！哈！哈！」隆師父一開始又是讓壞人上場。

阿樂掀開戲台邊側的帆布，朝著廟埕探了一探，別的團還沒上戲，所以觀眾的目光大都朝著自己這邊來了。

「好耶！」阿樂不禁歡呼起來，「我就知道這招很管用！」

可是阿樂也知道，這只不過是開場，待會兒別的團一定會跟著開戲，情況可能就不一樣囉……更何況，一場戲得演上兩個小時呢！

隆師父突然轉過頭對著阿樂指著自己的耳朵，阿樂立即會意地點點頭，然後跳下戲台，跑到最後一排觀眾的後面，豎起耳朵聽了聽，立刻又跑回後台。

「師父，好像有點小聲！」阿樂大聲向隆師父報告，還一邊抓起自己的耳朵搖搖頭又搖搖手掌。

隆師父點點頭，跟著沉思了一下，然後偏出頭來，不讓聲音透過麥克風傳出去！「你去把鐵吹掛起來！」隆師父給了指示，「掛高一點！」

「喔！」阿樂迅速行動，找到了師父口中的「鐵吹」，它其實就是高音喇叭，傳出去的聲音很尖銳，就是專門用來「拚戲」的！

「阿寶，來！幫我一下！」阿樂叫阿寶扶住木梯，自己拎起「鐵吹」

踩上梯子，將「鐵吹」綁在戲台左後方的大柱子頂端。

「師兄，那兩個大音箱還不夠看喔？」阿寶也關心拚戲的「戰況」！

「是啊！我跟你講，你先把戲箱子裡面那個大壞蛋拿出來，」阿樂像個副指揮官說道，「等一下可能用得上……」

「好！」阿寶將木梯收好，馬上照著阿樂的指示去做，動作也頗俐落的。

果然，別的戲團陸續開戲了，廟埕變成一個聲音大池塘，所有聲音聚集又爆散，觀眾的眼睛和耳朵也跟著焦躁、忙碌，因為啊，很難在一時間做出選擇：要靠哪邊坐？要欣賞哪一個戲團的表演……

戲團的後台更是忙，阿樂正跟著隆師父掌上的「戰況」，敲打電光，並且變換彩燈，製造詭譎的氣氛。

「阿寶，快！快把那個大壞蛋拿過來！」

阿寶立刻去「抱」出一個超大型戲偶，那就是阿樂口中的「大壞蛋」，體型跟七歲孩童差不多高，是隆師父專門找人訂做的，這個角色也是隆師父自己改編出來的！

「哇哈哈……」這個大壞蛋連笑聲也要特別宏亮、深厚，隆師父使出丹田所有力量來演出：「你們這堆沒用的傢伙，統統給我滾到一邊去！看我施展蓋世神功……」

講這段對白的時候，隆師父只是讓大壞蛋站著而已，接下來，大壞蛋要施展蓋世武功，才要考驗操作戲偶的真功夫！

「咦……啊……」隆師父幾乎是用整個身體來扮演大壞蛋，以左手托住重量，右手出掌，接著改用右手來托，以左手為劈刀，「啪！啪！啪！」阿樂的音效也同步出招！

然後再一個轉身，這個大壞蛋使出一個迴旋踢！接著，身體趴倒又彈起，全身捲起一團風暴，威力所及，怕是連戲台下的觀眾也感受得到！

隆師父把自己和大壞蛋結合，每一個動作都相當吃力，所以其他的戲偶就交由旁邊的副手操作，那個位置就是阿樂的下一個目標：助演！

戲台上的故事高潮不斷，當然是為了吸引觀眾的目光，戲團越是各出奇招，台下的觀眾越是坐立難安，因為總期待著某個團又拿出什麼壓箱寶來，於是有人把椅子帶著跑，有的乾脆只是讓身體轉來又轉去！

阿樂在後台尤其緊張，一會兒要觀察外面的情況，一會兒派阿寶去別團的後台打探，還要跟緊隆師父的節奏，讓每一分鐘都沒有冷場！

「阿樂，你來！」隆師父對阿樂招手，「換你接手！」

「我？」阿樂連錯愕都來不及，隆師父便將兩個戲偶交到他手上。

「等一下有打鬥，你跟著演！」

哇！這……這……真是……阿樂甚至來不及把快樂露在臉上，因

為劇情馬上接續下去！隆師父那個主演的位置，由原來的助演站上去，阿樂也就順勢站在旁邊成了助演！

那麼隆師父呢？

阿樂回頭看了看後台，隆師父不在！

「好吧，演就演了！」阿樂吸了一口氣，挺起胸膛，舉臂將兩個戲偶帶上台前。

「你們這群惡徒，平日為非作歹，若不改過自新，我二人絕對不會袖手旁觀！」這是隆師父在講口白！原來隆師父自己也現身了！他拿了麥克風走到台前，讓戲台下觀眾的眼睛又分了神！

「廢話少說！」阿樂讓手中的戲偶做出動作，「本大爺才不怕你們！」另一個戲偶也搖了搖身體。

「既然如此，接招！」

剎時，四個戲偶同時從戲台消失，舞台陷入靜寂，意味著一場廝殺即將展開，但在幕後，助演和阿樂正在用極快的速度交換一個戲偶，那麼，當戲偶再度現身時，阿樂手中就有一俠士一惡霸，助演的手中也有一俠士一惡霸，戲台兩邊便各有一場拳腳比劃進行著……

「好厲害！好厲害！師父好厲害！師兄也好厲害！」阿寶在後台激動地喊著，雖然他沒有幫上什麼忙，一起「作戰」的緊張可一點兒也沒少。

「台下的場面不知道怎樣？」阿樂心裡不免還是緊張，畢竟是第一次當助演嘛！

「廟方有賞！非常感謝！」隆師父以麥克風回應。

「太好了！」阿樂心裡放心不少，這是讚賞，只給我們這個團！可見那麼賣力地演出是值得了！

一個晚場的拚戲，幾乎是所有人都很投入，能用的也都用上了，包括機器、戲偶、燈光，隆師父本身的表演更吸引了不少目光，賞金也有好幾包！但是對阿樂來說，今晚以後的他已經踏出晉升為「助演」

的第一步，那是他多年以來第一次覺得自己很不一樣！

收戲的時候，阿寶的家人全都來找他，他的妹妹爬到台上，這個摸摸那個玩玩，阿寶則是露出一副威風的樣子，時而嚴肅時而嬉鬧，阿寶的阿爸和阿母跟隆師父講話，卻不時轉頭朝向阿寶那邊望著、微笑著……

「阿寶，過來一下……」隆師父大聲叫阿寶。

「喔！」阿寶也大聲回答，很有精神的樣子。

「既然來你們村裡，你要不要順便回家？今天晚上不用跟我們趕回去……」

阿樂一聽，心裡好羨慕，要是自己，一定巴不得這樣！可是這個阿寶竟然搖搖頭！

「為什麼不要？」阿寶的阿爸和阿母問著同樣的問題！

是啊！為什麼不要？阿樂心裡也想問阿寶。

「不用了……」阿寶咬著唇搖搖頭說，跟著就跑開去……

「這個孩子是怎麼了？」阿寶的阿母喃喃自語。

「沒關係，他說不用就不用……」阿寶的阿爸看起來有些失望，但他並不打算勉強阿寶。

不一會兒，阿寶又跑回大人跟前，手上提了一袋東西。

「阿母，這個給妳帶回家，是師娘要我送你們吃的……」話一說完，阿寶又一溜煙跑開，回到戲台上和妹妹玩。

阿樂看在眼裡，覺得這個阿寶好倔強也好可愛、好傻也好有志氣，都已經到家門口了，他竟然可以忍住，不進去！不回家看看！

戲團離開阿寶的村子時，已是闃靜的深夜，阿寶坐在三輪車裡半句話也沒說，等到完全看不到自己村裡的燈光了，阿寶才把頭埋在腿上，肩膀微微顫抖好久，這一路上，阿樂不忍心說破他的傷心，只能拍拍他的肩膀……

13 布袋戲人

戲劇公演則是另一種比較溫和的拚戲，這是縣政府和戲劇工會聯合主辦的，每年辦一次，隆師父會先接到一份公文，裡面附一張回函，不管是否參加，都得將答覆回函寄回去。

下一封再寄來的公文就是一張公演日期和當天演出的順序表，有哪些團參加公演？參加演出者有哪些人？演的又是哪些戲碼？全都列得一清二楚。

在這樣的文化公演裡，戲碼都是挑些教忠教孝的劇本，不可以演出金光戲，也沒有夜場！

事實上，戲劇公會每隔一段時間就會印製一些社教意味的示範劇本寄給工會的每一個戲團參考，然後從中挑出公演的指定戲碼。

阿樂見隆師父正在讀劇本，於是問道：「師父，我們今年公演要演哪一齣？」

「這個！」隆師父給阿樂看劇本封面。

「師父，去公演又沒錢賺，幹嘛去？」這個阿寶的問題就是沒經過大腦，阿樂真想捶他一拳。

「賺錢？」隆師父放下劇本微笑看著阿寶，一點兒也沒生氣！

「錢是要賺，名聲也要兼顧……」隆師父淡淡地回答。

「名聲？請我們去演戲的人很多啦！」阿寶還是沒抓到重點！

「唉喲，你這顆豬腦袋！」反倒是阿樂生氣了，「你看看牆壁，」阿樂指著牆，「你以為掛這些錦旗、牌匾是掛好看的喲！」

阿寶看看牆，一面又一面的錦旗、一塊又一塊裝框的獎狀，寫著「技藝超群」、「冠軍」、「優勝」、「掌上乾坤」，這些都是戲團在拚戲和公演的時候贏回來的，還有幾張跟縣長合拍的照片呢！

技

「喔……」阿寶突然有所領悟地發出感嘆，「原來，我們還想得到更多錦旗和獎狀啦……」

「你這個……唉呀！」阿樂真不知道如何形容眼前這個阿寶！

「不是喔……」阿寶抓抓頭又想，「唉呀，我知道了！我們要變得非常、非常有名，然後……然後……」阿寶又抓抓頭，「對了！出名以後就可以上電視演布袋戲！」阿寶自己高興得邊跳邊拍手，「對！對！上電視！上電視！」

「哈！哈！哈！」隆師父和阿樂都被阿寶惹得發笑。

阿寶說得也沒錯！師父年年參加戲劇公演得來的那些榮譽，好比姜太公的「釣竿」，凡是上門來訂戲的客人，剛踏進門，第一眼必定會停駐在牆上那些紅色的、黃色的、喜氣洋洋的錦旗、牌匾和獎狀上面，戲團的功力和成就全部呈現在那裡，也可以說，那股優越的氣勢已經做了最好的說明！所以隆師父才能像「姜太公釣魚」那樣，不用

誇自己多麼厲害，請戲的客人就會從各個鄉鎮過來。

因此，今年的戲劇公演照例也要拚一場的！

「師父，這次公演我們要帶什麼特別的道具嗎？」阿樂關心地問。

「不用，但是你要把技巧再練純熟一點！」隆師父自己早把劇本讀了三遍。

「喔……」阿樂知道自己又被交代一課了！

「你要把每一種人物的特性分清楚，」隆師父說道，「然後才好在戲偶的肢體動作上下功夫。」

阿樂點點頭回應。

「你去拿兩個戲偶來，一男一女！」

「好！」

隆師父擱下劇本等著，阿樂則是趕緊穿越大埕跑去倉庫找來兩個戲偶。

「好，你們看，這是正在吟詩的書生……」隆師父嘴裡吟出：

「『舉頭望明月』，這樣慢慢把肩膀偏斜一邊，頭再微微歪一下……『低頭思故鄉』，然後朝另外一邊……」

「阿樂，你來演演看！」阿樂接過隆師父手中的戲偶，希望照樣操作。

「不對！太快了，身子慢慢偏……再來一次……」

「嗯，好，第二句……嗯……差不多……」

「好！換阿寶！」

阿寶抓起戲偶，隨隨便便讓頭和身體動了幾下。

「不行！完全不對！」隆師父猛搖頭。

「阿樂，你教他一下！順便練習一下穆桂英耍槍……我回房去看劇本……」

「喔……」

「你喲，每次都要我教你！」隆師父才離開，阿樂就忍不住叨唸師弟。

「是啊是啊！我什麼都不會……」阿寶把戲偶搖著玩，一副嘻嘻哈哈地，阿樂忍不住搖頭，實在不知道這個阿寶平日都在做什麼！

要說參加戲劇公演可以出名？也對！事實上，隆師父早就很有名氣了，一提起「隆興閣」，附近幾個大城小鎮可是無人不知無人不曉！在演布袋戲這一行，隆師父算是老前輩了，不但自己演技出名，甚至也把戲裡的角色給演得響叮噹！

隆師父的「金光戲」裡面，有一個甘草人物，每次出場他都會說：「啊我來了！」然後既像走路又像蹦蹦跳跳地，晃呀晃地晃到台上，接著報出自己的名號：「我就是男人女體，大家都叫我『阿體仔』，『阿體仔』就是我啦！」

這個丑角的出現，往往能給打殺之後的緊張和不安噴灑一片笑霧，台下觀眾的情緒隨即瞬間轉換，尤其是小孩子，常常被逗得咯咯笑，甚至還滾落地上！

漸漸地，隆師父就變成「阿體仔」，「阿體仔」就是隆師父！不論是戲台上或戲台下，「隆興閣」的布袋戲給觀眾的印象，是娛樂和歡笑！

但是對於阿樂來說，那是學徒歲月！

阿樂跟著隆師父學布袋戲，當然是希望在多年以後變成另一個隆師父！

「你想變成誰啊？」

可是當阿寶這麼問他的時候，阿樂卻故意偏著頭摸著下巴，像捻著鬍鬚深思許久，「我啊，我想當書生『玉筆』！」那也是隆師父戲裡的主角！

「哇哈哈！」阿寶竟然學起奸臣冷笑。「你連劇本都看不懂，哪裡會是書生呢……哇哈哈……」

阿樂瞪著阿寶，這個討厭的阿寶每次都實話實說，也不懂得成全別人的夢想！夢想嘛，現在想一想可以吧……

不過阿樂心裡有數，阿寶說的一點都沒錯，如果把學校教過的字全還給老師，別說「書生」當不成，就連「書生」也不會演了。

「我想當萬惡罪魁『藏鏡人』！啊，看我的厲害！」阿寶擺出橫行霸道的架式。

「你啊，真的是萬惡罪魁，每次都要連累我！」阿樂氣呼呼地瞪著阿寶。

「師兄，你別這樣說啦……」阿寶倒是笑瞇瞇地，「我阿爸跟我說，如果會就多做一點，如果不會就不用太勉強，你會就教教我嘛，那我不會啊，就……」

「就……就什麼？」阿樂故意說道：「我看你就是偷懶！」

「好啦好啦，算我偷懶，」阿寶仍是一派輕鬆樣兒，「反正我就是不要像你那麼緊張嘛……」

14 女兒國

隆師父本來不打算收徒弟，等隆師娘替他生兒子，最好是兩個或三個，以後戲團就不用靠別人！但是等呀等，等到四個女兒……所以隆師父的家就像個女兒國，卻是個沒有布袋戲的女兒國！

於是，隆師父先收阿樂為徒，一年之後，又多了個阿寶。

這陣子，隆師娘正在坐月子，所以整個大厝常常環繞著麻油雞的香味。

「好香啊……」阿寶用力的吸著鼻子，像要把一整鍋的麻油雞都吸進肚子裡！

「是啊！聞到肚子都餓了……」阿樂也不禁摸摸肚子，把口水吞了

又吞。

這一對本來在大埕邊打來打去的師兄弟，一聞到麻油雞香味就變成木頭人，不想玩也沒力氣玩了。

「嘿，師兄！我們去看看師娘，順便……」阿寶笑得眉飛色舞的。

阿樂一看便知道這個阿寶又在打什麼主意了！

「順便幹嘛！」阿樂故意瞪大眼睛斥責。

「沒有啦……就是去看看師娘嘛，還有我們的小、小、小——」阿寶扳起指頭數著，「小、第四個小師妹嘛！」

「哼！你以為我不知道啊！就知道你要去討吃的……」阿樂狠狠地拆穿阿寶的詭計。

「唉呀，師兄，才不是討咧！我是去幫忙吃，說不定師娘吃不下……」

「好啦！好啦！隨便你說！」阿樂不想再鬥嘴，「但是得等師娘說要給你吃，你才可以吃喔！」就知道這個阿寶什麼都愛吃！「走吧！」

於是兩人三步併做兩步跑到隆師娘房門口，才一站定，就聽見隆師娘房內有人，只好先站在門板外等候。

「心情放輕鬆一點……」阿樂把耳朵貼近門板，「是師父……」阿樂確定那是隆師父的聲音。

「你叫我怎麼輕鬆……」隆師娘好像不太高興。

「別管人家的風言風語！」隆師父好像有點生氣，「生女兒又怎樣！沒兒子又怎樣！」隆師父越說越生氣！

「誰叫我的肚子不爭氣，只會生女兒……」接著，房內傳出低低的啜泣聲，是隆師娘在哭嗎？阿樂心想，沒見隆師娘為什麼事哭過的，怎麼生了女兒反而哭了，生孩子不是應該高高興興的嗎？

「好了……別傷到身體……」是隆師父在安慰師娘吧？阿樂聽那語氣一點也不像平常的師父哪！

「我們把阿樂留下來好不好？讓阿霞嫁給……」隆師娘的話被打斷。

「不行！」是隆師父說的。

阿樂好訝異，師娘幹嘛在這個時候提到自己，阿霞要嫁？嫁給誰？他們要把阿霞嫁給誰啊？還要我留下來？我現在不是留在這裡嗎？阿樂趕緊又把耳朵貼近門板！

「為什麼不行？」是隆師娘在問，但是門外的阿樂也想問！

「我跟他阿爸講好了！」

「講好什麼？」

「等他學得差不多了就要讓他回家……」

「那我們怎麼辦？我們的戲團怎麼辦？」

對啊，我回家了，那誰來幫師父？阿樂不敢再聽下去，趕緊抓起阿寶的手，一口氣跑到大埕邊。

「幹嘛？」阿寶覺得莫名其妙，「師兄！幹嘛把我拖著跑，不是說好進去吃麻油雞嗎？」

「嗯……怎麼說……」阿樂搔搔頭又搖搖頭，一時之間不知道怎麼

把剛才聽到的話整理一遍，「我問你……你剛剛有沒有聽到說要我留下來，還有阿霞要嫁什麼的……」

「什麼啦！你在講什麼？」阿寶也抓抓頭。

「我是說，我們都要留在這裡對不對？」阿樂睜大眼睛注視著阿寶，「我們要一直留在這裡幫師父對不對？」阿樂自己倒是先點點頭，期待阿寶也會點點頭。

「是啊，我什麼都還沒學到，當然要留在這裡啊！」

「不是！不是！」阿樂想辦法再說清楚一些，「我是說……等你什麼都學會以後，你還是會留在這裡幫師父對不對？」

「不對！不對！」阿寶還是搖搖頭，「我阿爸叫我學會以後就回家！」

「回家幹嘛？你又沒有戲團！」

「我阿爸說，我可以自己組一個布袋戲團……」

「啊？」阿樂一聽，換他迷糊了，「你要當團主？你要當主演？」

阿樂張著口，無法想像這個阿寶當主演的情景！

「對啊？我阿爸說，先當學徒，然後當主演！」阿寶堅持地說，「不然你去問師父，他是這樣跟我阿爸說的……」阿寶又繼續說：「所以我跟師娘說以後我不能住在這裡！」

「跟師娘說？」

「對啊！就是上次啊，師娘問我要不要當她的兒子，然後我就說不行，因為我是我阿爸的兒子嘛！然後師娘又跟我說，當她的兒子可以永遠住在這裡，還可以當團主又可以當主演……」

啊？怎麼會這樣？隆師娘要自己和阿寶都當她的兒子？

阿樂曾經想過，如果隆師父的兒子跟自己一樣大，那該有多好呀！可是師娘都生女兒，她們都不愛跟自己玩，沒關係，反正自己也不喜歡跟女孩子玩！雖然師弟阿寶也算個伴，但就是……就是不一樣！這阿寶只是個討厭的小弟弟嘛！

唯有大師伯的兒子阿傑，他可不同！阿樂把自己和阿傑想像成武林中的好漢，而且是可以一起大口喝酒的那種！雖然阿樂沒有什麼東西可以跟阿傑共享，阿傑倒是不在意，常常拿些好吃的給他，因為大伯母開了一間雜貨鋪！

「我有東西給你……」阿傑躡手躡腳地摸到阿樂背後說話。

「啊？」阿樂突然愣住，手上的活兒被打斷，這個阿傑，躲躲藏藏的，還那麼神秘地小聲說話。

阿樂蹲在地上，皺皺眉又偏偏頭，拋給阿傑一條眼神延長線，線的那端是隆師父！阿樂又使勁兒搖搖頭，趁著隆師父沒抬頭的那會兒，跟阿傑交換密語，阿傑會意之後，點點頭，便又躡手躡腳離開。

阿樂有些心虛，趕緊把心思拉回，專心看著手中的細木條，因為隆師父正在教阿樂用木頭雕刻戲偶用的「刀」、「劍」和「槍」。

「嗯哼！」隆師父清清喉嚨，好像在提醒阿樂別偷懶。

「手勁放輕，一層一層薄薄地削，削得太細就沒用了。」隆師父手上的那一把木刀已經接近完成，底部留下一小段把柄，隆師父試著把木劍把柄卡進戲偶掌上小孔裡面，還是太粗，隆師父便將它抽出來，繼續削細一些。

「師父，這樣可以嗎？」阿樂也試著將木劍把柄插入戲偶掌上的小孔。

「不行，這樣太淺了，」隆師父說，「要套深一點，不然打鬥的時候會掉出來，再修細一點！」

「喔！」阿樂是很想照著師父的指點慢慢削啊，可是阿傑的東西還在等著他呢……

阿樂的心開始浮動，手也跟著亂了節奏。

「你去休息一下！」隆師父彷彿看透阿樂的心事似的，「但是……」隆師父的話還掛在嘴邊，阿樂早丟下手邊的活兒，一溜煙跑開了。

「等一下還要回來做……」隆師父朝著阿樂背後喊了一句。

「喔……」阿樂也大喊回答，但是沒回頭，一秒都不肯停地跑走……

阿樂很快就找到阿傑，在他們的秘密基地裡！這個秘密基地在二師伯的香蕉園裡，一株半折的香蕉樹幹加上幾片枯黃塌垂的葉片，遮一遮再掩一掩，就成了兩人一起隱蔽的小天地。

「來，我們先吃這個！」阿傑伸手從口袋裡抓出紅紅的一把什麼東西。

「什麼東西啊？」阿樂沒見過。

「你不知道喔？也沒吃過？」阿傑先抽出一條送進嘴裡嚼了起來，「你看就這樣吃，用力嚼！」然後遞給阿樂一條。

「鹹鹹甜甜的……」阿樂也嚼了嚼。

「這是芒果乾，你看！再嚼久一點就會變這樣……」阿樂把嘴巴和舌頭湊到阿樂眼前。

「啊……」阿樂驚呼，「你好像……好像吐血了！」跟著就迸出笑聲，「哈……哈……好像電視上的壞人那樣……」

「對吧！好玩吧！啊……我快要死了……」阿傑捧著肚子倒在地上。

「啊……我陪你一起死……」阿樂也跟著倒地。

「啊……」

「啊……」

兩人倒在地上又翻滾又哀嚎，突然一個抽搐，兩個身體動也不動地癱平……

「哈哈哈……」

「哈哈哈……真好玩！」

阿樂和阿傑笑成一團，又繼續嚼著「吐血芒果乾」。

「我偷偷告訴你一個秘密喔……」阿傑突然小聲地說，「我聽我老爸說，我三叔好像要再娶一個老婆喔……」

「什麼！」阿樂的眼睛突然睜得像牛鈴那麼大！

「啊，不管啦！」那是大人的事！

「你看！」阿傑伸出手掌，一整根白白淨淨的香菸！

「你從大師伯抽屜裡拿的？」

阿傑點點頭，這讓阿樂心裡盪起報復的小小得意，偷了你一根香菸！哈！

「你聞……」阿傑把菸湊近阿樂的鼻子，阿樂將鼻子微微趨前吸了一口氣。

「嗯……」那菸的香氣被阿樂吸進鼻子裡然後吸進心裡，「嗯……味道好香啊……而且乾淨多了……不像上次那段菸屁股，臭臭的……」

阿樂想起上回的事兒來，阿傑在大師伯桌上的菸灰缸發現半根菸，不曉得是大師伯抽過的，還是客人抽過的，反正阿傑就是假裝經過然後把那段菸偷偷藏了起來，再找了阿樂一起到秘密基地裡抽菸，那一次就是阿樂第一次抽菸，至於是阿傑的第幾次呢？阿樂可就不確定了，阿樂想，阿傑之前一定也做過同樣的事吧，反正就是有點挑戰大師伯的意味，換做是他啊，肯定也會跟阿傑一樣！

「聽說這是上等的菸喔……來，趕快來抽抽看！」阿傑劃了一根火柴，點燃菸屁股，噘起嘴吸了一口。

「呼……」阿傑嘟嘴噴出煙霧，同時也發出陶醉享受的讚嘆，「來！換你抽……」阿傑將菸遞給阿樂。

「輕輕吸就好……不要像上次那麼大口啊……」阿傑提醒阿樂。

又說到上次啊，就是阿樂第一次抽菸的那次，看著阿傑輕鬆地將菸段兒夾在兩指間的模樣，阿樂當然也想擺出一樣的架式，挺起胸一吸，一團濃煙塞住口鼻，要張嘴吐掉已經來不及，只好吞入肚裡，像吞了一股激流，頓時胸和腹都被脹滿卻又立即空虛，腦子裡的感覺也一樣；下一瞬間，這股激流全數被抽回，同時淘空整個身體，而且從四處竄出，阿樂感覺眼、耳、鼻、口、嘴、甚至皮膚的每一個毛細孔都冒煙了，好像金光戲裡的壞蛋被打到「散功」一樣，整個人又硬又軟，沒了元神！

更糟糕的是，那味道一直沒散掉，阿樂像披裹兩大片乾菸葉一樣，一回家就被隆師父聞出來，阿樂因此被罰站了一個小時。所以，阿樂這一次決定只用半個嘴來嘗就好！他先閤了唇，捲起舌頭擋在口中，然後小口一啜，讓煙霧絲兒被導入鼻腔，像灶內的煙只有衝向煙囪一條路了。就這樣小心翼翼地，阿樂總算領略到菸的香味以及吸了菸之後那種冒險與征服的刺激感覺。

「怎麼樣？」阿傑問。

「嗯……」阿樂還樂在其中。

「來，換我抽……」阿傑伸手就要搶，阿樂卻也閃避得快，沒讓阿傑把菸拿到手，阿傑不甘心又撲過去，兩人就這麼追追躲躲，菸絲在一撲一閃的風勢裡燃出火星，很快就燒黑了一小截，點點火星飄觸到阿樂的手指。

「啊……」阿樂一個甩手，指縫間的菸尾巴就被拋了出去。

「唉呀！你看你……」阿傑既生氣又惋惜。

「丟到哪裡去了？找找啦……」儘管阿樂努力在臉上堆滿笑紋，看起來還是苦苦的……

「算了！算了！回去吧……」阿傑氣得轉身就走，兩隻手胡亂使勁撥開香蕉葉，剛吞進他肚裡的煙像又焚出怒火來。阿樂趕緊跟在後頭，躲躲閃閃地，不想被阿傑的「香蕉葉飛刀」掃到，也不想被阿傑的怒火燒到，因為這個阿傑啊，有個綽號叫「土傑仔」，使起脾氣來像頭蠻牛！

15 助演

「來人啊！」

「趕快來人啊！」

大厝後面傳來一陣陣喊叫聲，阿樂和隆師父蹲在大埕這邊，聽不出來到底發生什麼事。但是那聲音透著緊張和求救，隆師父於是放下手中的道具木劍，快步走向大厝後方查個究竟。

不一會兒，隆師父神色倉皇跑回來。

「阿樂，快！你也去提個水桶，跟我到井邊打水救火！」隆師父急急忙忙說完，立刻衝向廚房提了一個空水桶，接著又衝向水井那兒。

阿樂隨即提著水桶，也趕到水井邊，那邊已經有四、五個大叔聚集過來，五、六個大嬸也拿了臉盆在等候接水。

「哪裡失火啊？」後到的人問著。

「好像是香蕉園那邊！」另一個回答，說完還順手指了方向。

「那是誰的田？」又有人問。

「是隆師父二哥的田啦！」

糟了！阿樂一聽，感覺好像閃電劈中自己的頭一樣，這可慘了，自己和阿傑剛剛還在那裡抽菸的……不能講！不能講！除了阿傑，不會有人知道的！可是阿傑……應該不會講吧……

阿樂還是跟著大夥提水去救火，來來回回跑了三、四趟。

火滅了以後，香蕉田只剩下一半，那些黃黃乾乾的葉子燒過再被水一淋，全成了灰灰的爛泥，連阿樂和阿傑的「秘密基地」也一樣，阿樂望著那兒，記得剛剛嚼了血紅的芒果乾，還跟阿傑一起抽了一支白白淨淨的香菸，這下子怎麼辦？以後沒處藏了……

大人擔心的當然跟阿樂心裡想的不一樣！當阿樂低著頭又累又喪氣地走回隆師父的大厝時，阿傑一個人站在大埕中央！而且旁邊有大師伯瞪著眼睛看！

隆師父不知道什麼時候也站在那兒，好像在等著誰一樣！

「你過來……」是隆師父在叫阿樂。

「你知道剛才發生什麼事嗎？」隆師父緩緩問道。

阿樂不敢回答也不敢抬頭，動也不動地站著。

「你不說？你不說喔……」隆師父好像儘量壓低聲音，「好……我來替你說！」

隆師父走到阿傑身旁，又繞回到阿樂面前。

「我告訴你們，我知道你們兩個在玩什麼……但是這一次！這一次你們竟然玩火！」

「沒有……不是……」阿樂心裡想要解釋。

「不是他！三叔，是我！」阿傑倒是先開口認錯，「那菸是我拿的，火柴也是我拿的，火也是我點的！」阿傑擔了一切，「我是說點菸的火……」

「你這個死孩子……」阿傑的老爸咬牙切齒，一腳踢向阿傑的小腿，「你這個死孩子！還偷拿我的菸……」

「阿樂！叫你別抽菸你又抽……」隆師父話裡也燃起火！「你到底要不要學演戲啊……」隆師父又提高音量，「你想不想開口說話啊？開口！要演戲就得開口！」隆師父的怒火又擴散了，「不開口就當不了主演，當不了主演就沒將來，永遠只能替別人的戲團賺錢！」

隆師父吼了幾句之後靜默下來，心裡和話裡的火都燒過了也變成灰，肩膀跟著垂下，嘴角也垂下……

倒是阿樂的頭抬了起來！

「師父！可是你也有抽菸啊……」阿樂這句話聽起來會是什麼意思？

「你說什麼？難不成你抽菸還是跟我學的！我有教你抽菸嗎？」聽

在隆師父耳朵裡就是以為阿樂死不認錯！

「我的菸，只是偶爾陪客人一下！不一樣！」隆師父又咆哮！

「我看你還是回去好了，不必學了……」隆師父的臉色由紅轉灰綠。

又來了！阿樂心裡想，就知道隆師父又搬出慣用的台詞來，看來又會被罰站，而且會更久……

「我怎麼講你才會懂啊？」隆師父的態度瞬間軟化，「我怎麼跟你阿爸交代啊……」隆師父喃喃說著，「沒辦法教你了……你到底知不知道，嗓子燻啞了，戲就沒辦法演了……」

開口！開口！我開口能幹嘛？我阿樂開口只會抽菸啦……

阿樂心裡爆衝上來一堆激憤，突然嘶喊：「不開口又怎樣！我要抽！我偏要抽！反正我的聲音本來就粗！反正我又當不了主演！我也不要當主演！」

旁邊的人一臉錯愕，連阿傑都嚇了一跳，這個阿樂……

隆師父更是脹紅了臉，被怒氣拉起了手掌朝阿樂的臉摑去……

阿樂只是一直跑，不管眼淚往哪裡飛，他心裡的去路卻是很明確：他要回家！

反正不想再回到隆師父那裡了……可是家卻還那麼遙遠……

阿樂跑累了也哭累了，腳步越來越沉重，心裡也越來越慌亂，不知道這樣跑出來對不對，還有，以後會怎麼樣？

「阿樂，你要去哪裡？」

誰？阿樂抬頭一看，是四師叔，他大概剛從工廠下班……

「我要回家……」

「好，上來！我載你回家！」四師叔指著他的腳踏車後座。「一會兒就到了……」

「不是那邊……我要回自己的家……」

阿樂再睜開眼，窗外是一片陽光，可是房間裡冷冷暗暗的，一如

阿樂心裡，有一個角落照不到光。

那天的事，只要閉上眼，就會重演一遍，阿樂躺在自己家裡的床上，不是閒得發慌，只是還沒給未來做好打算，不像在隆師父那兒，一起床就知道不管做哪樣都跟布袋戲有關！

摸著被隆師父掌摑的臉頰，阿樂還隱約感覺有些刺痛，自己的委屈又全部湧出來……

「阿樂，」阿母進房來喊他，「趕快出去！隆師父來了！」

阿樂起身坐在床沿，卻是搖搖頭，兩隻腳懸著、晃著，不想下床。

「你這個孩子……」阿母也搖搖頭，無奈地走出去。阿母一走開，阿樂立刻跳下床，挨近房門邊上，貼著耳朵靜靜地聽著前廳的動靜。

「來，隆師父，請坐！」是阿爸客氣地招呼。「不知道你專程來家裡……是不是有什麼事……」

隆師父大概坐下了，然後清了清喉嚨，語氣平緩地說：「也沒什麼事，阿樂說要回家幫你種田，我說也沒那麼急嘛，他就是急！連衣服都忘了帶……」

「哪！就是這一包，師娘都幫他帶齊了……」

「真不好意思，還麻煩您專程走一趟，謝謝……」是阿母在說話，「我拿進去給他啊……」

阿樂一聽趕緊回到床沿坐好，故意把兩腳晃得更厲害。

「阿樂……」阿母進房來了，「隆師父幫你把衣服送回來了……」

「喔……」阿樂看都不看一眼。

「來！把它打開，衣服擺到櫃子裡面去……」

「喔……」阿樂應聲之後懶洋洋地打開那一包東西，衣服……褲子……衣服……褲子……阿樂的眼淚瞬間一顆一顆奔了出來，這哪裡是他的衣服啊，都是新衣新褲哪……而最下層，是師娘送給他的唱盤和唱片……

「師娘……嗚……嗚……」阿樂再也隱忍不住地嚎啕大哭，雙手不

停地抹著臉，淚珠卻還是滾下來，流進鼻子裡，流進心裡……

「隆師父，您慢走啊……」前廳的阿爸又說話了。

「好，別送了……有空帶孩子一起過來玩……」隆師父要走了？

一會兒之後，前廳變安靜，再也聽不見任何交談。

「師父……」阿樂這才急忙跑出房間，「師父！」阿樂又跑出屋子，眼睛努力地搜尋，但是路上沒有半個人影……

「阿樂，」走回前廳，阿爸就拉住他的手，跟他說：「隆師父要我告訴你，不當主演，當助演也可以……」

阿樂一聽，眼淚又嘩啦啦衝出……

「隆師父說，等你改天不想種田了，你就去幫他的忙，當助演……」

阿樂的眼淚鼻涕全哽在喉嚨裡，讓他說不出話來，只能一邊揩臉一邊流淚……

作者簡介

蘇善，本名蔡麗雲，輔仁大學法文系畢業。從事翻譯工作多年，於一九九八年出版散文集《童年地圖》。二〇〇三年五月，第一首台語詩〈含笑〉獲得「送花一首詩」徵詩活動之優選；十月接受《康軒教育雜誌》線上版第26期專訪，分享擔任班級義工帶領兒童閱讀及詩文教學之經驗。十一月，以《腳踏的人生》獲得第二十四屆耕莘文學獎小說佳作。

目前經營個人網站「蘇善搖筆桿兒」以及「吹鼓吹詩論壇」之「母愛詩發表區」，散文及詩作散見於各報刊，持續創作中。

繪圖者簡介

江正一，專職插畫工作二年餘，作品見於《自由時報》、《中國時報》等各大報副刊及《聯合文學》、《張老師月刊》、《幼獅文藝》、九歌等叢書。

他是遊戲山林的隱士，有一雙巧手和獨到的美感。在平靜、簡單的生活中自得其樂，是他最大的期望。

九歌少兒書房 ⑬⑧

阿樂拜師

定　價：170元
第35集　全套四冊680元

作　　者：蘇　　善
繪 圖 者：江　正　一
發 行 人：蔡　文　甫
發 行 所：九歌出版社有限公司
臺北市八德路3段12巷57弄40號
電話／02-25776564・傳真／02-25789205
郵政劃撥／0112295-1
登記證：行政院新聞局局版臺業字第1738號
網　　址：www.chiuko.com.tw
門 市 部：九歌文學書屋
臺北市長安東路2段173號(電話／02-27773915)
印 刷 所：崇寶印製股份有限公司
法律顧問：龍躍天律師・蕭雄淋律師・董安丹律師
初　　版：2004（民國93）年7月10日

ISBN 957-444-145-8　　Printed in Taiwan

國家圖書館出版品預行編目資料

阿樂拜師／蘇善著；江正一繪. --初版. --臺北市：九歌，2004〔民93〕

面； 公分. --（九歌少兒書房. 第35集；138）

ISBN 957-444-145-8（平裝）

859.6 93009340